近代中國文學講話・散曲史

——盧冀野論著兩種

盧前 著。

說明

《近代文學講話・散曲史》——盧冀野論著二種。係盧冀野先生二十五歲時的兩本文學論著。這兩本書，如今世上已經極難一見了。但是，它們又是盧冀野的學術生涯中的兩個重要環節。兩書雖然談的題目、領域不完全同，而又有許多共同之處。

《近代中國文學講話》一書，是盧冀野一九二九年在上海光華大學授課時的記錄稿；而《散曲史》，實則是他一九三〇年，在成都大學任教時的講義。兩書共同出版於一九三〇年。兩書的篇幅也都不算太大，內容與後來的同類著作相較，有些簡略。但在各自領域內，都有其不可替代的作用與地位。

《近代中國文學講話》一書，被有人評價為中國最早提出「近代文學概念」，且用諸書名的二本書之一。論者認為「意味著作者已經認識到近代文學不同與古代文學，……先覺之識功不可沒。」①《散曲史》則被稱為「元明清三代散曲的第一部通史」②，「為後來散曲史的研究和撰述，開闢了先河」。是盧冀野著名的《論曲絕句》的「放大展開」③。

就是盧冀野先生自已，當然也完全意識到他的這兩本書的價值與不足。他在《近代中國文學講話》序中，曾有「（胡適之先生和錢子泉先生）……與我這本小冊子的範圍與立場都有些不同。……我願以拋磚引玉之誠意，盼望在最近有一部傑構，以彌補我的缺憾。」的一節話。

在《散曲史》中的發端之末尾，他又說：「散曲史之設學程，肇端於茲。不有述造何以闡發？……惟，千里啟於蹊步，層台賴諸累土。草創之編，所望於他日論定爾。」

所以此次出版的目的，就是希望，在近年來日益趨熱的這兩個學術領域，幫助讀者填補資料的空白。

值此重新出版的機會，作為作者後人，還要特別感謝日本著名學者樽本照雄先生和河北師範大學的楊棟先生。是他們於前幾年，曾分別慷慨地，為我們提供了這兩本書的全套複印件。使得後來文本的輸入和整理，成為可能。同時，對為此曾予以很大幫助的南京戲劇研究所的朱禧先生、南京大學中文系的解玉峰教授，也一併表示謝意。

盧佶

二〇一一年六月於南京

①：二十世紀中國近代文學研究的曲折歷程（上）
——《徐州師範大學學報》二〇〇四年一月，裴效雄（中國社會科學院文學研究所）

②：二十世紀中國散曲史研究與撰著評述
——《東南大學學報》二〇〇二年一月，劉揚忠

③：盧前對近代散曲學的貢獻
——《東南大學學報》二〇〇〇年五月，河北師範大學中文系　楊棟

近代中國文學講話

盧冀野先生講
柳升祺　潘正鐸　周宸明　陸真如　記

在民國十六年的夏天，我在金陵暑期學校擔任了一個「中國新興文藝評論」的學程。那時搜集了不少材料，並且從同光說起，第一章「文學革命之先聲」便把清末新文學的萌芽狀態，一齊表張出來。可惜因為天氣炎熱和時間限制的關係。沒有如我的計畫，完畢這系統的演講。但事後想來，這種工作也很有趣味的。

去年，光華有類似「近代中國文學」這樣的功課，也是我擔任的。我於是把從前零星的材料，想更充實的整理後發表出來。祇以課務紛繁，仍然沒有好好底完成我的夢想。在這一本小冊子中，就是一學期內所講的範圍。我很致謝柳、潘、周、陸四君，為這筆記，費了不少的時間和精力。

大約因為印刷便利的緣故罷，如這樣粗淺的東西，居然也可問世了。我非常慚愧的，更期望將來有機會重新把他寫定。不過在這小冊中，有許多和我當時說的，不盡相同。有些遺漏了，譬如詩歌裏王紫詮的翻譯等，戲曲裏張韜的雜劇等……而所引用的材料，除小說部分已注明外，還有的，是就記憶所及，未能揭出來源；好在將來總有刪正的稿本付刊，在這兒且暫付闕如。

胡適之先生的《最近五十年之中國文學》和錢子泉先生《現代中國文學史長編稿本》與我這本小冊子的範圍與立場都有些不同；又聽說有位陳子展有一本《近代中國文學之變遷》，因為未曾寓目，不知道他是否也就中國新興文藝演變的因果上觀察而下的批判？總之，這樣工作是目前所需要的。我願以「拋磚引玉」之誠意，盼望在最近有一部傑構，以彌補我的缺憾。

至於柳、潘、周、陸，四君對於搜集和整理之殷勤，最使我感念。此書與其說我講的，無寧說四君所編。這也應當在書前聲明的。

冀野一九三〇，二，二十一於光華

目次

散曲史

近代中國文學講話

第一講　詩歌革命之先聲

柳升祺　記

金和蔣春霖之詩史——巢經巢集與現代中國人之生活——黃公度之新體詩——丘逢甲嶺海雲日樓中之紀事詩——蘇玄瑛等之譯西洋詩——新舊詩壇之分野

王國維在他名著《人間詞話》中，曾說過下面的這一段話：

「……蓋文體通行既久，染指遂多，自成習套。豪傑之士亦難於其中自出新意，故遁而作他體，以自解脫。一切文體所以始盛中衰者，皆由於此。……」

這是說一種文學體裁，到了極盛的時候，必要受時代的支配，經過一番改革，而另產生出一種新的體材來的。詩歌是一切文學體材中之發源最早者，所以他所經過的變遷，亦為一切材中最多。舉個例罷，譬如四言之後有楚辭，楚辭之後有五言，五言之後有七言，古體之後有律絕，律絕之後有詞曲，此種的推演進化，全是自然的趨勢。

我國的詩歌，演進到清代同治光緒年間，就又起始有了轉變。當時有許多欲自謀解脫的士人，覺得那種陳舊的習套，已不復適宜了，於是各人就去追求新的體格和題材。那時候正是一個多事之秋，外患內亂，接踵而起。在生活方面，人民都在水火裏掙扎；在詩壇方面，出來了許多寫實的作家。就中能表現當時時代的苦悶最真切而值得我們注意的，有兩人：一個是金和，另一個是蔣春霖。

金和字亞匏，南京人（一八一八－一八八五），生平是極浪漫的。最初他的友人束允泰曾為他出版過《來青閣詩》、《壓帽詩》，最香豔絕倫。他那橫溢的才氣，已在此微露鋒芒了。壯年時遭遇坎壈，一時潦倒不堪。在多年的流亡轉徙之中，發表了他的名作《秋蟪吟館詩》一集，這是一部極好的史詩。因為他親自經歷過許多艱險，又目睹著當時人民的痛苦，所以他的敘述都極像真。他的作品每首都是嘲諷，詼諧，今先錄其「痛定篇」如下。這是一首用日記體記載某次在南京城內謀內應官軍夾攻長髮軍失敗那回事的。詩云：

痛定篇

二月二十三　傳聞大兵至
賊魁似皇皇　終日警三四
南民私相慶　始有再生意

桓桓向將軍　仰若天神貴
一聞賊角吹　即候將軍騎
香欲將軍迎　酒欲將軍饋
食念將軍食　睡說將軍睡
……
七歲兒何知　門外偶遊戲
公然對路人　說出將軍字
阿姊面死灰　撻之大怒詈
從此約將軍　十日九憔悴
更有健者徒　夜半誓忠義
願遙應將軍　畫策萬全利
分隸賊麾下　使賊不猜忌
尋常行坐處　短刃縛在臂
但期兵入城　各各猝舉燧
得見將軍面　命即將軍賜
誰料將軍忙　未及理此事

此外他那特殊的諷刺的作風，在下面的兩首中更為顯明。

初五日記事

前日之戰未見賊　將軍欲赦赦不得
或語將軍難盡誅　姑使再戰當何如
昨日黃昏忽傳令　謂不汝誅貸汝命
今夜攻下東北城　城不可下無從生
三軍拜謝呼刀去　又到前回酣睡處
空中烏烏狂風來　沉沉雲陰轟轟雷
將謂士曰雨且至　士謂將曰此可避
回鞭十里夜復晴　急見將軍天未明
將軍已知夜色晦　此非汝罪汝其退
我聞在楚因天寒　龜手而戰難乎難
近來烈日惡作處　故兵之出必以夜
又後又非進兵時　月明如晝賊易知

乃於片刻星雲變　可以一戰亦不戰
吁嗟乎　將軍作計必萬全　非不滅賊皆由天
安得青天不寒亦不暑　日月不出不風雨

半邊眉

（軍前新樂府四篇之一）

半邊眉　汝何來　太守門下請錢回
太守門　何處所　鍾山之門近大府
大府初聞難民苦　公家偏括閒田租
旁郡千金檄上戶　一心要貸艱民命
聘賢太守傳其政　太守計日費恐濫
百二十錢一人贍　太守計曰難民多
一人數請當奈何　我聞古有察眉律
呼僕持刀對人立　一刀留下半邊眉
再來除是眉長時　防蠹術果奇

作蠱術斯巧　豈但無眉人不來
有眉人亦來都少　惟有一二市井奸
賂太守僕二十錢　奏刀不猛眉猶全
半邊眉可三刀焉　否則病夫真餓殺
癡心尚戀一朝活　伴與半邊眉盡割
吁嗟乎　太守何不計之毒
千錢掛人耳與目　萬錢截人手與足
終古無人請錢至　太守豈非大快事

在他集中名篇，還有〈蘭陵女兒行〉、〈原盜〉、〈和得祁兒死信一百三十八韻〉等。他的寫法，都很真摯露骨，所以他有句曰：「所作雖非純乎純，要之語語皆天真」。這可以說是他的自白了。更有句如「寒極不羞錢癖重。」「逢人休更憑肝膽。」「身輕湖海狂名重，心切肌寒直道難。」等，真能膽大的將整個的自已，無遮攔的表現出來了。然而同時有很多人批評他為「骨格凡猥」「口吻輕薄」，也就是為此。在我個人看來，他惟一的劣點，在乎用字過於粗俗，而無揀擇；可是這一點剛巧是他為今人所最頌揚的。

蔣春霖號鹿潭，是江陰人。自小就負雋才，而不拘小節。也曾做過一任鹽官，頗有德政。生平抱負著激宕的才氣，和深沈的思想。他最長的是詞，然而當時沒有大名。曾著《水雲樓詞》問世，寄託深遠，得離騷之遺。他也曾親歷洪楊之亂，對當時紛擾流離的情事，亦有很多的記載，可是散落頗多。現錄四首在下面，以見一斑。

揚州慢

（兵後金眉生還居楊州賦詩索和）

亂草埋沙　孤城照水　倦遊重見淒涼　近東園巷陌　但一片斜陽　占蘿徑幽人自喜　莫雅嚇處

猶有垂陽　奈新栽紅藥　開時偏斷人腸　竹邊舊屋　問歸來燕子都忘　漫指點煙蕪梅花塚在　文

選樓荒　一覺十年前夢　春風減杜牧清狂　又簫聲次起　疏簾殘月微茫

徵招

（石似梅書來賦此寄之）

石郎磊落今年少　雄才尚齊班馬　廣袖倚天　風引龍媒高駕　賞心知更寡　甚偏愛野人情話　渺

渺滄波霜空木落　月明今夜　醉事不成瞑　窗鐙暗翩然塞鴻飛下　底用惜飄零　已蒼毛盈把　孤

琴羞自寫　蕩雲壑古音彈罷　鎮相憶　卻恐相逢又野梅春卸

慶春宮

（高茶庵婦死於兵作空江吊月圖）

慘月嚥鵑　荒灘警雁　四山恨匝低雲心　指潛淵銀瓶　問絕夜寒流水無春　戍笳吹斷　歎釵鈿倉皇路塵　驚颷亂起滿地青楓　彌望秋燐　誰知行江漘　濁酒疏篷　細雨鐙昏　幽壑難呼　空彈怨瑟　珮環何處歸魂　素波重照　剩雙鬢孤懷自溫　楚招歌罷　千里蘼蕪　都長愁根

琵琶仙

（五湖之志久矣羈䌌江北苦不得去歲乙丑偕婉君泛舟黃橋望見煙水益念鄉土譜白石自度曲一章以箜篌按之婉君曾經喪亂歌聲甚哀）

天際歸舟　悔輕與故國梅花為約　歸雁嚥入箜篌　沙洲共飄泊　寒未滅東風又急　問誰管沈腰愁削　一舸青琴　桀濤載雪　聊共斟酌　更休怨傷別傷春　怕垂老心期漸非昨　彈指十年幽恨　損蕭娘眉萼　今夜冷篷窗倦倚　為月明強起梳掠　恁奈銀甲秋聲　暗回清角

在這個悲痛的時代中，金蔣二人的作品，是值得注意的。而且記亂離的事，實無愧為兩個戰爭文學家。不從高遠的哲學境界和絢爛的自然界中去找材料，而轉過來在現實生活中尋覓詩句，這一點應當推重他們的。何況他們把整個時代拿出來給我們看！

能表現時代的詩人，我們已談過了，可是能表現近代中國人的生活，而且能表現得極精細正確的，應當要推鄭珍。

鄭珍字子尹，晚號柴翁（一八〇六－一八六四），是貴州遵義人。他的生平，異常清苦的。他曾做過教諭，教諭不是一個顯貴的官員。他所過的生活，是純粹的中國人生活。也許就為他於平民的生活有了這十分深切的體驗，所以他一朝形之於篇，也就覺得生動淋漓了。

下灘

前灘風雨來　後灘風雨過
灘灘若長舌　我舟為之唾
岸竹密走陣　沙洲圓轉磨
指梅呼速看　著橘怪相左
半語落上岩　已向灘腳坐
榜師打懶槳　篙律導定課

卻見上水船　去速勝於我
入舟將及旬　歷此不計個
費日捉急流　險快膽欲懦
灘頭心夜歸　寫覓強伴和

這一首字字生動，將下灘迅駛的情景，都森列在目前了。他這種純用「白戰」的作風，是最足以令人愛好的。而且驅使各種俗字俗語入詩，都點染得新穎可愛，這就是他的特技。下面的一首，又是最好的例子。

完末場卷矮屋無聊成詩數十韻揭曉後因續成之

我亦何不足　而必求科名
名成得美仕　豈遂貴此生
十年弁製藝　汗漫窺六經
友串妄稱譽　謂我手筆精
安知公等長　真非我所能
所以來試者　亦復有至情

父母兩忠厚　辛苦自夙嬰
一編持授我　望我有所成
未盡無所成　而世以此輕
因之忘顏厚　自量非不明
貴從老親眼　見此嬌子榮
癡心有弋獲　焉知非我丁
獨歎少也苦　精力遂不撐
四更赴轅門　坐地眠瞢騰
五更隨唱入　階誤東西行
指眼視達官　蠕蠕動兩棖
喜賴搜挾手　按摩腰股醒
攜籃仗朋輩　許賄親火兵
拳臥半邊屋　隔舍聞丁丁
黃簾自知晚　蝸牛喜觀燈
夢醒見題紙　細摩壓折平
功令多於題　關防映紅青
文字如榨膏　桊急膏亦傾

卷完自嗤笑　此又蟲語冰
安知上釣鮎　突作掉尾鯨
自視此窮骨　何讓棱等登
歸去見兒女　誇我頭銜增
但愁世上語　高文真有靈
又愁鄰舍翁　故生分別驚
寒檠照秋館　苦績號蟲聲
同硯有良友　鑒此欣慨並
難與外人言　果贏於螟蛉

除了首尾兩處，在正中段將科舉時代應試的情形，如候門、唱名、搜檢、攜食具、釘號板、出題、蓋關防，這些瑣碎的細事，都曲曲繪出了。其他的作品很多，現在節錄題新昌俞秋農先生書聲刀尺圖中的一段，寫小兒讀書之頑劣情況，更是生動。

……
女之不畏爺　兒大不畏娘
小時如牧豬　大來如牧羊

血吐千萬盆　話費千萬筐
爺從前門出　兒從後門去
呼來折竹籤　與兒記遍數
爺從前門歸　呼兒聲如雷
母潛窺兒倍　忿頑復憐癡
夏楚有笑容　尚爪壁上灰
為揑數把汗　幸赦一度笞
……

下面的三首，是敘離別的幽情，和天倫之樂的。

出門十五日初作詩黔陽郭外三首

近行十幾日　衹如旦暮間
遠行十幾日　恍若不計年
澄澄潕溪流　蕩蕩東去船
寒風峭白日　蕭條異山川

高堂一月地　一刻數往還
顏色隔千里　忽然立我前
倚篷久惆悵　此意誰復憐
入坐長歎息　晚炊起寒煙

第名公家言　其實止求食
一館寧必官　吁嗟遠行役
思便自此歸　輾轉不能得
事非盡由己　徒念山中石
強歌不成歡　假臥不安席
夢醒覓嬌兒　觸手乃船壁
我本窗下人　胡為異方客
身世難盡言　去去自努力

記我出門時　梅花繞茅亭
攜兒坐石上　吹笛使酒醒
山妻持鐙來　大字寫縱橫

妹女各袖扇　爭書壓吾肱
哄哄一宵事　不知雞已鳴
今朝梅樹下　小桌當窗檽
寒日在黃葉　蕭蕭兒授經
讀書究何用　衹覺傷人情
不學耕亦得　看我黔陽城

這都是中國人生活中之最有趣味，而且為人人所知的瑣碎。可偏是為一班詩人所忽視或欲言而不得言的。在精細的分析下來，我們不難看出他是完全脫胎於蘇黃，而直追韓杜的。但是他的詩又遠非王、孟、韋、柳一派徒騖遐想的所可比擬。有他那種對於當時社會深入的觀照，又能驅使俗事以為詩料，更具描畫入微的手段，所以《巢經巢集》這部詩集，實不愧為一面近代中國人生活的明鏡了。

自從金和、鄭珍這些人而後，詩壇就為之暫時的沉靜，詩體也一變而鬆懈，若不另闢一條新路，眼見就快山窮水盡了，於是按著那自然的趨勢，新體詩就應運而生。做新體詩的詩人中，黃公度就是那最顯著的代表。

黃廣東嘉應州人（一八四八－一九〇五），名遵憲，公度是他的號。生平著有《人境廬詩集》一部，只有鉛印本而無刻本，現在幾乎失傳了。古層冰編的《黃公度詩箋》，這是現在市上所能買到的。

他作詩最偉大的地方，就是能在傳統的詩體之中，灌注入新鮮的生命。他對於作詩的道理，在自序中已論之。就在下面引來的這段雜感中，也不難窺見其一斑了。詩曰：

大塊鑿混沌　渾渾旋大圜
隸首不能算　知有幾萬年
義軒造書契　今始歲五千
以我視人後　若居三代先
俗儒好尊古　日日故紙研
六經字所無　不敢入詩篇
古人棄糟粕　見之口流涎
沿慣甘剽盜　忘造叢罪愆
黄土同摶人　今古何愚賢
即今忽已古　斷自何代前
明窗敞琉璃　高爐爇香煙
左陳端溪硯　右列薛濤箋
我手寫我口　古豈能拘牽
即今流俗語　我若登簡編
五千年後人　驚為古斑爛

這就是他對於作詩的宣言，就是以新的材料用入舊的格律的革命呼聲。往後胡適之所主張的「我要寫什麼便什麼」，左右不過就是他的「我手寫我口」的意思而已。他的生活，很接近新鮮空氣。他曾做過二十餘年的外交官，曾遊歷日本，英，美，南洋這些的地方。有了這種優越的才能經驗，所以他詩的內容，取材很新穎豐富。又因為他受了外國文學的影響不少，所以他有「各人自有面目，正不必與古人相同」的卓見。在詩的形式上，也頗有改革，字句任意長短，現代的字亦加採用。現在舉幾個例來說明：

今別離四首

別腸轉如輪，一刻既萬周，
眼見雙輪馳，益增心中憂。
古亦有山川，古亦有舟車。
車舟載離別，行止猶自由。
今日舟與車，併力生離愁，
明知須臾景，下許稍綢繆。
鐘聲一及時，頃刻下稍留，
雖有萬鈞柁。動如繞指柔。

豈無打風頭，亦不畏石尤。
送者未及返，君在天盡頭。
望影倏歹見，煙波者悠悠。
去矣一何速，歸如留滯不。
所願君歸時，快乘輕氣球。

朝寄平安語，暮寄相思字。
馳書迅如電，云是君所寄。
既非君手書，又無君默記。
雖署花字名，知誰箝紙尾。
尋常並坐語，未遽悉心事。
現往三四譯，豈能達人意。
只有斑斑墨，類似臨行淚。
門前兩行樹，離離到天際。
中央並有絲，有絲兩頭繫。
如何君寄書，繼續不時至。
每日百須臾，書到時有幾。

一息不見聞，使我容顏悴。
安得如電光，一閃至君旁。

開函喜動色，分明是君容。
自君鏡奩來，入妾懷袖中，
臨行剪中衣，是妾親手縫。
肥瘦妾自思，今昔將母同，
自別思見君，情如春酒濃。
今日見君面，仍覺心忡忡，
攬鏡妾自照，顏色桃花紅。
開篋持贈君，如與君相逢，
妾有釵插鬢，君有襟當胸。
雙懸可憐影，汝我長相從，
雖則長相從，別恨終無窮。
對面不解語，若隔山萬重，
自非夢來往，密意何由通。

汝魂將何之，欲與君追隨，
飄然渡滄海，不畏風波危。
昨夕入君室，舉手牽君帷，
披推不見人，想君就枕遲。
君魂倘尋我，會面亦難期，
恐君魂來日，是妾不寐時。
妾睡君或醒，君睡妾豈知，
彼此不相聞，安怪相參差。
舉頭見明月，明月方入扉，
此時想君身，侵曉剛披衣。
君在海之角，妾在天之涯，
相去三萬里，晝夜相背馳。
眠起不同時，魂夢難相依，
地長不能縮，翼短不能飛。
只戀君心有，海枯終不移，
海水深復深，難以量相思。

別離是久為一般詩人所吟詠的恨事了，然而不是借月以說相思，便是借流水或楊柳以表幽情，千古同聲，幾乎已失去了效力。現在一輪到他手裏的時候，飛艇、氣球、電報、照相這些極不像詩料的近世紀來的科學品，就替代了明月，流水和楊柳的職位了。

又「以蓮菊桃雜供一瓶中作歌」是他一首最出名的妙作，雜採蓮、菊、桃三種鮮花，來插在一個瓶子裏，在我們看來，是正如要硬把春、夏、秋三季來合成一種氣候一般絕對不可能的。然而那時他正住在近熱帶的地方，所以他獨能將這三種不同季的花採了，供在一個瓶子裏，而做出一首包含化學、物理、生物、哲學這些原理，而能使一班守舊派見而咋舌的新詩。下面的就是原作。

南斗在北海西流　春非我春秋非秋
人言今日是新歲　百花爛漫堆草頭
主人三載蠻夷長　足偏五洲多異想
且將本領營羣花　一瓶海水同供養
蓮花衣白菊衣黃　夭侍側侍添紅妝
雙花並頭一在手　葉葉相對花相當
濃如旃檀和象香　燦如雲錦紛五色
華如寶衣陣七市　美如瓊漿含天食
如競茄鼓調箏琴　蕃漢龜弦樂一律

如天雨花花滿身　合仙佛魔同一室
如招海通客商船　紅黃白種同一國
一花驚喜初相見　四千餘歲甫識面
一花自顧還自的　萬里絕域我能事
一花退立如局縮　人太孤高我慚俗
一花傲睨如居居　了更嫵媚非粗疎
有時背面互猜忌　非我族類心必異
有時並肩相愛憐　得成眷屬都有緣
有時低眉若飲泣　偏是同根煎太急
有時仰首翻躊躇　欲去非種誰能鋤
有時俯水瞋不語　無滋他族來逼處
有時照顧與春風　來者不拒何不容
眾花照影影一樣　曾無人相無我相
傳語天下萬萬花　但是同種均一家
古言猗儺花無知　聽人位置無差池
我今安排花願否　拈花笑索花點首
花不能言我饒舌　花神汝莫生分別

唐人本自善唐花　或者併使蘭花梅花一齊發
飆輪來往如電過
不日便可歸支那　此瓶不乾花不萎
不必少見多怪如橐駝
地球南北淌倒轉　赤道逼人寒暑夏
爾時五年仙城化作海上山
赤有四時之花開滿縣　即今種花術益工
移枝接葉爭天功
安知蓮不變桃桃不變如菊　迴黃轉綠誰能窮
北工造物先造頂
控摶眾質亦多術　安知奪胎換骨無金丹
不使此蓮此菊此桃萬億化身合為一
眾生後果本前因　汝花未必原花身
動物植物輪迴作生死
安知人不變花花不變為我　千秋萬歲魂有知
此花此我相追隨
待到汝花將我供瓶時　還願對花一談今我詩

另外有一首長詩叫作「錫蘭島臥佛」其長度足以超過古詩中最長的「孔雀東南飛」。上下縱橫，說及古今中外的思想學術，真是一篇有大氣力的作品。現在也把全文錄下：

大風西北來　搖天海波黑
茫茫世界塵　點點國土墨
雖曰中國海　無從問禹跡
近溯唐南蠻　遠逮漢西域
舊時職貢圖　依稀猶可識
自明遣鄭和　使節馳絡繹
凡百馬流種　各各設重譯
金葉鑄多羅　玉獻獻摩勒
每以佛光明　表頌帝威德
蘇祿率辟臣　渤泥挈盡室
闌斑披寶縵　扶服拜赤帝
是雖蠻夷長　竊號公侯伯
比古小諸侯　尚足稱蒲壁
其池鳥了帥　爭亦附商舶

有詔鎮國山　碑立高百尺
以此明德意　比刻之罘石
及明中葉後　朝貢暫失職
豈知蕞午國　既住三四摘
鐵圍薄福龍　大半供鳥食
我行過九真　其次泊息力
婆羅左右望　羣島比胄蝨
咸歸西道主　盡拔漢赤幟
日夕興亡淚　多於海水滴
行行復行行　便到獅子國
浩浩象口水　流到磽磽山
遙望宰堵坡　相約僧跡攀
中有臥佛像　丈立金身堅
右疊重累足　左掘光明拳
雖具堅牢相　軟過兜羅綿
水田脫淨衣　瞋云惟華陷
大青髮屈蠢　團金耳垂環

就中白毫光　普照世大千
八十種好相　一一功德圓
是誰攝巧匠　上登切利天
刻此牛頭檀　妙到秋毫嶺
或言佛涅槃　婆羅雙樹間
此即茶維地　斯語原訛傳
惟佛有神力　高據兩山顛
至今雙足跡　尚隔十由延
或言古無人　只有龍鬼仙
其後買珠人　漸次成市廛
此亦造妄語　有如野狐禪
實則經行地　與佛太有緣
參天見多樹　由此枝葉繁
獨怪如來身　不坐千葉蓮
既付金縷衣　何不一啟顏
豈真疲津梁　老矣倦欲眠
如何沉沉睡　竟過三千年

吁嗟佛滅度　世界眼盡滅
最先王舍城　大闢禪師窟
迦葉與阿難　結集佛所說
午來一百年　復見大會設
恒河左右流　犍時聲不絕
其後阿育王　第一信佛法
能役萬鬼神　日造八萬塔
舉國施與佛　金榜國門揭
九十六外道　羣言罷一切
復遣諸弟子　分授十萬偈
北有大月氏　先照佛國月
四開無遮會　各運廣長舌
漢家通西域　聲教遠相接
金人一入夢　白馬來負笈
繩行復沙度　來往踵相躡
總持四千部　重譯多於髮
華言通梵語　眾推拳羅什

後分律法論　宗派各流別
要之的蘆字　力大過倉頡
南有獅子王　鑿字赤銅鍱
當時東西商　互通度人筏
但稱佛弟子　能避鬼羅剎
遂使諸天經　滿載商人篋
鳥喙苐子洲　畏鬼性駭怯
一聞地獄說　心畏睒摩殺
賴佛得庇護　無異棲影鴿
國主爭布金　妃后亦托鉢
尊佛過帝天　高供千白氎
樂奏梵音曲　訟聽番佛決
向來文身人　大半著僧衲
達摩渡海來　一花開五葉
語言與文字　一掃付抹摋
十年勤面壁　一燈傳立雪
直指本來心　大聲用棒喝

非特道家流 附會入莊列
竟使宋諸儒 沿襲事剽竊
最奇宗喀巴 別得大解脫
不生不滅身 忽然佛復活
西天自在王 高椐黃金搨
千百氈裘長 膜拜伏上謁
西戎犬羊性 殺人日流血
喃喃誦經聲 竟能消殺伐
藏衛各蕃部 無復事鞭韃
即今奔巴瓶 改用法金挾
論彼象教力 羣胡猶震慴
綜佛所照臨 竟過九洲闊
極南到未波 窮北踰靺鞨
大東渡日本 天皇盡僧牒
此方護佛齒 彼土迎佛骨
何人得鉢緣 集日是箭節
莊飾紫金階 供養白銀闕

倒海然脂油　震雷響金鈸
香雲幢幡雲　九天九地徹
五百虎獅象　偏地迎菩薩
謂此功德盛　當歷千萬劫
有國賴庇護　金甌永無缺
豈知西域賈　手不持寸鉄
舉佛降生地　一旦盡刲奪

我聞舒五指　化作獅子雄
能令眾醉象　敗竄頭籠東
何不勅獸王　俾當敵人衝
我聞魚大力　手張祖王弓
射過七鐵豬　入地千萬重
何不矢一發　再張力士鋒
我聞四海水　悉納孔毛中
蛟龍與魚鼈　眾生無不容
何不口一吸　令化諸毛蟲

我聞大千界　一擊成虛空
譬擲陶家輪　極送到無窮
何不氣一噴　散為鞞籃風
我聞三昧火　燒身光熊熊
千眼金剛杵　頭出煙焰紅
何不吸阿奴　一用天火攻
我聞安息香　力能勅毒龍
尾擊須彌山　波濤聲洶洶
何不呼小婢　悉遣河神從
我聞阿修羅　橫攻善見宮
流盡赤蚌血　藕絲遁無蹤
何不取天杖　壓制羣魔凶
我聞毗琉璃　素守南天封
薜荔鳩盤茶　萬鬼聲喁喁
何不飭鬼兵　力助天王功
惟佛大法王　兼綜諸神通
聲聞諸弟子　遞傳術猶工

如何斂手退　一任敵橫縱
竟使清潔土　概變腥膻戎
五方萬天祠　一齊鳴鼓鐘
遙望西王母　虎齒髮蓬蓬
合上皇帝號　萬寶河朝宗
佛力遂掃地　感歎摧肝胸

佛不能庇國　豈不能庇教
奈何五印度　竟不聞佛號
古有韋陀書　云自梵天造
貴種婆羅門　挾此肆凌傲
凡夫鈍根輩　分定莫能較
自佛倡平等　人各有業報
天堂與地獄　善惡人自召
卑賤眾首佗　吹螺喜相告
亦有婆羅門　漸漸服教導
食屑鵓鳩行　夜行鵂鶹叫

塗灰身半裸　拜月腳左蹺
各棄事天業　迴向信三寶
大地閻浮提　慈雲偏覆幬
何意梵志輩　勢盛復鼓噪
灰死火復燃　尾大力能掉
別創溫都名　布以人皇詔
佛頭橫著糞　訶罵雜嘲誚
盡驅出家人　一一出邊徼
外來波斯胡　更立祆神廟
千牛祭火光　萬馬拜日曜
嗣後摩訶末　採集各經要
一往衍聖傳　一劍鎮羣暴
謂此哥羅尼　實以教忠孝
天使乘白馬　口宣天所誥
從則升九天　否則殺左道
教主兼霸王　黃屋建左纛
繼以蒙古主　挾勢尤桀驁

以彼轉輪王　力大誰敢校
送來耶穌徒　偏傳新舊約
載以通商舶　助以攻城炮
謂天只一尊　獲罪無所禱
一切土木像　荒誕盡可笑
頂上舍利珠　拉雜付摧燒
竟使佛威德　燈滅樹傾倒
摩耶撫鉢哭　迦葉捧衣掉
像法二千年　今日末刦到
惡王魔波旬　更使眾魔嬈
天龍八部眾　誰不生悲惱
噫嗟五大洲　立教幾教皇
惟佛能大仁　首先唱天堂
以我悲憫心　置人安樂鄉
古分十等人　貴賤如畫疆
惟佛具大勇　自棄銅輪王
眾生例平等　一律無低昂

罪畏末日審　報冀來世償
佛說有彌勒　福德莫可當
將來僧祇刦　普波胥安康
此皆大德慧　傾海誰能量
古學水風火　今學聲氣光
辨才總無礙　博綜無不詳
獨惜說慈悲　未免過主張
臂稱窮鴿肉　身供餓虎糧
左手割利刃　右手塗檀香
寃親悉平等　善惡心皆忘
愈慈愈忍辱　轉令身羸尫
獸蹄交鳥跡　一聽外物戕
人間多虎豹　天上無鳳凰
虎豹富筋力　故能恣疆梁
鳳凰太文彩　毛羽易摧傷
惟強乃秉權　強權如金剛
吁嗟古名國　興廢殊無常

羅馬善法律　希臘工文章
開化首埃及　今亦歸淪亡
念我亞細亞　大國居中央
堯舜四千年　聖賢代相望
大哉孔子道　上繼皇哉唐
血氣悉尊親　聲名被八荒
到今四夷侵　盡徹諸邊防
天若祚中國　黃帝垂衣裳
浮海率三軍　載書使四方
王威鎮象主　鬼族馴狼荒
歸化獻赤土　頌德歌白狼
共尊天可汗　化外胥來航
遠及牛賀洲　鞭之如群羊
海無烈風作　地降甘露祥
人人仰震旦　誰侮黃種黃
弱共萬國役　治則天下強
明王久不作　四顧心茫茫

又為罷美國留學生事，他做了一首「罷美國留學生感賦」敘我國歷代外交史，和外交強盛的計劃很詳，是一首有關於近代文化史的作品。其他重要的，還有「番客篇」一首，與嘉應州一帶的民謠山歌。我覺得他的特點有三：第一，他能表現地方色彩，能將廣東一隅的人情風俗，寫述出來。第二，能合科學與文學為一，像上面舉的那「以蓮菊桃雜供一瓶中作歌」一首，便是一個好例子。第三，是能運用平凡的物質生活以為詩。既能為詩界在清風明月的夢境外另闢一個天地，又因此而促進了文藝和現實生活間的關係。然而我們也得明白，他決不是全能的。他善於做長詩，可是一做到絕句小詩的時候，就顯得粗魯潦草了。這些微瑕，當比之於他對於詩界真正是個革命的功勳來的時候，也就覺得關係渺乎其小了。

丘逢甲號倉海，舊籍臺灣，生就是一個偉岸有奇志的男兒，當清光緒甲午乙未年間，清政府被迫割讓臺灣的時候，臺灣就謀獨立，當時的總巡撫被擁為大總統，而這位詩人，就榮居為副總統了。後來舉事失敗，他帶了眷屬逃到了中國，就流連在南京。辛亥革命事起，當時從事革命的，多半是彬彬的書生，丘逢甲也捲入漩渦，奮力爭鬥，而做了一位無名的英雄。

他的詩另有風格，不同凡響。下面是他的一首古別離行：

送謝頌臣回臺灣

願君如天上之月　出東復東來

不願君如東流之水　到海不復回

有情三月無情水　黯然魂消別而已
況復一家判胡越　百年去鄉里
關門斷雁河絕鯉　萬全不得書一紙
噫嘻乎　嗟哉野遊子
拭不滅　至上名
春風三月戒行李　留不住　簫上聲
千塵萬刦魔不得　屋樑落月之相思
阿梁落日之離情
山中水　出山不復清
海中月　出海還復明
不惜君離別　惜君長決絕
知君來不來　看取重圓月

寄託深遠，用典確當，然而他的特長還在寫紀事詩。他詩集《嶺雲海日樓詩鈔四卷》中都是記載他當年從軍時感懷舊跡，和傷心的時變。氣壯情深，委實是失臺灣時最好的史詩。現在錄幾首在下面，只是聊嘗一臠的意思而已。

秋懷

萬里風雲願竟酬　軍前歌舞作中秋
黃金鑄闕開藩部　碧玉通江建節樓
十道分封諸將爵　五湖歸老美人舟
年來此意成蕭瑟　匹馬西風莽浪遊

昆侖山勢走中華　赴海南如落萬鴉
縮地有人工幻術　通天何處覓靈槎
沈冤鳥口空銜石　酣夢人心久散沙
彈指光陰秋又老　長繩難繫夕陽斜

中原王氣黯東遷　歎鳳嗟麟意惘然
人物終成一丘貉　文章更噪六朝蟬
繞籬晚菊寒誰採　補屋秋蘿冷自牽
消盡美人遲暮感　素書一卷獨編年

斜陽圍聽說場詞　我亦曾驅十萬師
破碎河山開國史　飄零風雨出軍詩
海中故部沈蒼兕　雲裏殘旌失素蜺
歲自周天天自醉　紅牆銀漢隔秋思

山南山北枉張羅　雲路冥冥鳥去多
四海論交幾投契　千秋自命米蹉跎
中原歎鳳陳陶歎　大漠牛羊斛律歌
老我秋風無一事　十年雄劍不曾磨

名駒未悔困韉鞍　鷙鳥何曾惜羽翰
人到窮愁思著述　天留豪傑濟艱難
衣冠文武浮雲變　雷雨蛟龍大海寬
不信平生飛動意　但將文字救饑寒

明明如月撥愁開　欲取黃金更築台
未鳥莫將歌當哭　紅羊休信劫留灰

著書覃子原仙骨　顧曲周郎有將才
收拾雄心且行樂　五雲多處覓蓬萊
（按此詩原係步韻和覃孝方並送其赴東瀛）
酒迫桓溫走老兵　詩看秦系破長城
英雄失路群兒笑　獨客逢秋百感生
滄海桑沈栽後影　釣天樂斷夢時聲
尉佗臺上西風急　來寫登高送遠情

秋興次張六士韻

芒碭雲開大漢年　眼看楚蹶復嬴顛
收兵先下三秦地　奉使遙通百粵天
照盡古人殊海月　飄殘霸氣玉山煙
英雄只剩前朝史　懷古悲秋意惘然

黄何東下走龍門　難起中原古帝魂
天上斗牛沈劍氣　人間鸞鳳掃巢痕
狄泉故壤雙鵝出　甌脫窮邊萬馬屯
不信開元天寶事　但留詩史院花邨

萬里西風海欲波　荒荒白日奈愁何
美人臨穎渾脫舞　壯士陰山勅勒歌
故國千年啼蜀魄　蠻荒九死負黎渦
夢中還作鈞天奏　矇瞍蓬蓬自鼓鼉

坐看桑從海上栽　羣鷗見慣不相猜
生毛有地供秦笑　呵壁無天慰郢哀
兩帝中央謀混沌　三山左股割蓬萊
故鄉遊釣今何處　空憶漁人讓曲隈

荒邨獨樹老夫家　九月東籬菊未花
金石自應求上藥　河山原不阻飛車

禦寒豈合裘仍典　謀醉何妨酒偶賒
未解長安兩笑樂　薜蘿門外是天涯

衣冠文武眼中新　晏坐空山笑此身
割地奇功酬鐵券　凋天残焰轉金輪
後庭玉樹仍歌舞　前席蒼生付鬼神
細柳新蒲非復昔　更無人哭曲江濱

遼東華表鶴西飛　但作神仙願已違
故國河山残照盡　秋風城郭舊人稀
四郊戎馬邊聲急　七華金貂世譜微
休向哀鳴談往事　江湖滿地稻粱肥

五嶺南來勢糾紛　百年邊事漫重論
月中潮汐爭消長　天外風雷駭見聞
上國地理龍虎氣　中原人雜犬羊羣
山飛海立今何世　閒就安期話白雲

慷慨激昂，我們在這字裏行間，不難看出那個英雄的詩人來！

一提起研究西洋詩，西洋文學的學者，我們就忘不了那個思想神奇，以辮子，小腳，中庸之思想，為我國三大國粹的辜鴻銘先生。他對於西洋文學之有深湛的造就，讓他自己在西洋文學上所占的地位來證明好了。生平他也曾翻譯過許多書籍介紹到西方去。翻譯是西洋詩成中文用古體。他出名的作品，如「癡漢騎馬歌」一篇長詩。可是現在在市上已是買不到的了。

同時另有一個以近體詩翻譯的，就是馬和。馬字君武，原是一個清苦的學生。當他還很年幼的時候，他父親就死了。他全賴自己的著作，以維持他在國內國外攻讀時的生活。在德國，他學的是工科，但同時他於文學，也頗有造詣。他的譯品，有德國的戲劇「威廉退爾」和「希臘歌」，其中尤以後者為最好。此歌胡適、蘇曼殊、聞一多都曾譯過，胡適用的是騷體，蘇曼殊是五古，聞一多是新詩體，而馬和用的是古歌行。我個人以為馬和的氣勢最暢，字句最妥當。下面的就是他的譯作：

其一云：

希臘島　希臘島　和平戰爭肇最早
沙氏詩人由汝生　低露華碑久擅名
吁嗟乎　欲尋當年繁華景　而今只剩斜陽影

其二云：

莫說佤佃二族事　繁華一夕盡銷沉
萬玉哀鳴俠子瑟　羣洙亂落美人琴
迤南海岸尚縱橫　應愧於今玷盛名
俠子美人生聚地　悄然萬籟盡無聲
吁嗟乎　琴聲搖曳向西去　昔年福島今何處

其三云：

馬拉頓後山如帶　馬拉頓前横碧海
我來獨如片刻遊　猶夢希臘是自由
吁嗟乎　閒立向波斯塚　寧思身為奴隸種

其四云：

有王危坐石岩倚　臨深遊望沙拉米

海舶千艘紛如蟻　此國之民彼之子
吁嗟乎　白日已歿夜已深　希臘之民無處尋

其五云：

希臘之民不可遇　希臘之國在何處
但餘海岸似當年　海岸沉沉亦無語
多少英雄古代詩　里今傳誦淚猶乘
琴荒瑟老豪華歇　當是英雄氣盡時
吁嗟乎　欲作神聖希臘歌　才鑄其奈希臘何

其六云：

一朝宮社盡成墟　可憐國種遂為奴
光榮忽傍夕陽沒　名譽都隨秋草枯
豈無國士坐列島　追念夙昔傷壞抱

我今飄泊一詩人　對此猶慙死不早
吁嗟乎　我如希臘幾嚬蹙　我如希臘一痛哭

其七云：

止哭收淚挺身起　念汝高曹流血死
不信赫赫斯巴達　今日無一忠義士
吁嗟乎　三百勇士今何之　退某信黎草離離

其八云：

不聞希臘生人聲　但聞鬼嘯作潮鳴
鬼曰生者一人起　我曹雖死猶助汝
吁嗟乎　希臘之人口盡喑　鬼聲相答滿天陰

其九云：

叩弦如君歌二曲　沙明之酒杯一綠
萬鎗齊舉向突厥　流血死耳休來復
吁嗟乎　願君傾耳聽我歌　君不應兮奈君何

其十云：

君今能作霹靂舞　霹靂君倬在何處
舞儀軍式兩有名　軍式已亡舞儀存
吁嗟乎　試談先人卡母書　誰則教君今為奴

其十一云：

且酌沙明盈杯酒　惱人時事不須提
當年政治從多處　為憶阿明克朗詩
吁嗟乎　國民自是國權主　紛紛暴君何足數

其十二云：

暴君昔起遮松里　當時自由猶未死
曾破波斯萬百師　至今人說米須底
吁嗟乎　本族暴君罪當誅　異族暴君今何如

其十三云：

勸君莫放酒杯乾　白卡之岸蘇里岩
上有一線成海灣　斗李之母生其間
吁嗟乎　其間或布自由種　誰實護之希臘統

其十四云：

勸君莫信弗朗克　自由非可他人托
弗朗克族有一王　狡童心深不可測
可托惟有希臘軍　可托惟有希臘刀

勸君信此勿復疑　自由托人徒自勞
吁嗟乎　突厥之暴弗朗狡：希臘分裂苦不早

其十五云：

沙明之酒千鍾注　天女連翩齊起舞
眼波如水先盈盈　但將光線射傾城
吁嗟乎　為奴之民熟顧汝　我窈思之淚如雨

其十六云：

置身穌災之高山　四圍但見河波環
波聲哭聲雨不止　一曲歌終從此死
吁嗟乎　奴隸之國非所庸　一擲碎汝沙明鍾

他本有一種雄豪深摯的詩筆，所以譯這種詩，最為適當。其外還有「阿明臨海岸哭女詩」等。能在光緒宣統之間，以近體譯詩的當推馬君一人而已。

以介紹拜倫而見重一時的蘇曼殊，本是一個純粹的日本國人，原名宗之助三郎。後來他母親轉嫁給一個廣東姓蘇的，曼殊便過來姓了他後父的姓了。他一生的遭遇，非常可憐，在中國他還受了許多的欺凌，然而奇怪的，是他始終自認是中國人，並且對他親生的故國日本，非常憤懣。他的譯詩，確能做到像他自己說的：「語無增飾，陳義悱惻。」尤其是當他譯拜倫的詩篇時，更能傳情達意。他所譯的拜倫詩選中，尤以「去國行」、「留別雅典女郎」、「贊大海」、「哀希臘」等，傳誦一時。現在抄幾首在下面，好在現在要看他的作品是已不很難了。

去國行

行行去故國　瀨遠蒼波來
嗚喘激夕風　沙鷗聲淒其
落日照遠海　遊子行隨之
須臾與爾別　故國從此辭
日出幾剎那　明日瞬息間
海天一清嘯　舊鄉長棄捐
吾家已荒涼　爐灶無餘煙

牆壁生蒿藜　犬吠空門邊

童僕爾善來　恫哭亦胡為
豈懼怒濤怒　抑畏狂風危
涕泗勿滂沱　堅船行若飛
秋鷹寧為疾　此去樂無涯

童僕前致辭　敷衽白丈人
風波寧生憚　我心諒苦辛
阿翁長別離　慈母平生親
煢煢誰復顧　蒼天與丈人

阿翁祝我健　殷勤尚少怨
阿母沉哀恫　嗟猶來無遠
童子勿復道　淚珠盈千萬
我若效童愚　流淚當無算

伙伴爾善來　爾顏胡慘白
或懼法國仇　抑被勁風赫
伙伴前致辭　吾生豈驚迫
獨念閨中婦　顦容定枯瘠

賤子有妻孥　隨公居澤邊
兒嚇索阿爹　阿母心熬煎
伙伴勿復道　悲苦定何言
而我薄行人　狂笑去悠然

誰復信同心　對人陽太息
得新已棄舊　媚目生顏色
懽樂去莫哀　危難寧吾逼
我心絕悽愴　求淚反不得
悠悠倉浪天　舉世無所忻

世既莫吾知　吾豈歎離羣
路人飼吾犬　哀聲或狺狺
久別如歸來　齧我腰間褌

帆檣女努力　橫趄幻泡漦
此行任所適　故鄉不可期
欣欣波濤起　波濤行盡時
欣欣荒野窟　故國從此辭

贊大海

皇濤瀾汗　靈海黝冥
萬艘鼓楫　泛若輕萍
茫茫九圍　每有遺虛
曠哉天沼　匪人攸居
大器自運　振盪甹夆

豈伊人力　赫彼神工
罔象乍見　决舟沒入
狂謈未幾　遂為波臣
掩體無棺　歸骨無墳
喪鐘聲嘶　逖矣誰聞
誰能乘蹻　履涉狂波
藐諸蒼生　其奈公何
泱泱大風　立懦起罷
茲維公功　人力何衰
亦有雄豪　中原陵厲
自公胸中　擿彼空際
驚浪霆奔　懾魂愯神
轉側張惶　冀為公憐
騰瀾赴厓　載彼微體
抍溺含弘　公何豈第
搖山撼城　聲若雷霆

王公黔首　莫不震驚
赫赫軍艘　亦有浮名
雄視海上　大莫與京
自公視之　藐矣其形
紛紛溶溶　施入滄溟
彼阿摩陀　失其威靈
多羅縛迦　壯氣亦傾
傍公而居　雄國幾許
西利佉維　希臘羅馬
偉哉自由　公所賜予
君德既衰　耗哉斯土
遂成遺虛　公目所覽
以敖以娭　潘回濤舞
蒼顏不鞁　長壽自古
渺彌澶漫　滔滔不捨
赫如陽燧　神靈是鑒
別風淮雨　上臨下監

扶搖羊角　溶溶澹澹
北極凝冰　赤道淫灩
洗此地鏡　無裔無襜
圓形在前　神光粲閃
精鬽變怪　出爾泥淰
回流雲轉　氣易舒慘
公之淫威　忽不可驗
蒼海蒼海　余念舊恩
兒時水嬉　在公膺前
沸波激岸　隨公轉旋
淋淋翔潮　滕余往還
滌我胸臆　慴我精魂
惟余與女　父子之親
或近或遠　托我元身
今我來斯　握公之鬈

哀希臘

巍巍希臘都　生長奢浮好
情文何斐亹　茶輻思靈保
征伐和親策　陵夷不目葆
長夏尚滔滔　頹陽照空島

窣訶與諦訶　詞人之所生
壯士彈坎侯　靜女揄鳴箏
榮華不自惜　委棄如浮萍
宗國寂無聲　乃向西方鳴

山對摩羅東　海水在其下
希臘如可興　我從夢中覯
波斯京觀上　獨立向誰語
吾生豈為奴　與此長終古

名王踞岩石　雄視莎邏濱
船師列千艘　率土皆其民
晨朝大點兵　至暮無復存
一為亡國哀　淚下何紛紛

故國不可求　荒涼問水瀕
不聞烈士歌　勇氣散如雲
琴兮國所寶　仍世以為珍
今我胡疲苶　拱手與他人

威名盡墜地　舉族供奴畜
知爾憂國士　中心亦以恧
而我獨行謠　我猶無面目
我為希人羞　我為希臘哭

往者不可追　何事徒頻蹙
尚念我先人　因茲糜血肉

冥冥蒿里間　三百斯巴族
但令百餘一　堪造披麗谷

萬籟一以寂　彷彿聞鬼喧
鬼聲紛䨱䨱　幽響如流泉
生者一人起　導我赴行間
稿骨徒為爾　生者默無言

徒勞復徒勞　我且調別曲
注滿杯中酒　我血勝酃淥
不與突厥爭　此胡本遊牧
嗟爾俘虜餘　酹酒顏何恧

王跡已陵夷　尚存羽衣舞
皁盧方陣法　知今在何許
此乃爾國故　麋散隨塵土
偉哉佉盧書　寧當詒牧圉

注滿杯中酒　勝事日以墮
阿那有神歌　神歌今始知
曾事波利葛　力能絕天維
雄君雖云虐　與女同本支

羯島有暴君　其名彌爾抵
闊達有大度　勇敢為世師
今茲丁造末　安得君如斯
束民如連鎖　豈患民崩離

注滿杯中酒　倏然懷故山
峨峨修里岩　湯湯波家灣
繫彼陀離種　族姓何斑斑
儻念希羅嘎　龍胤未凋殘

莫信法郎克　人實誑爾者
縫刃藏禍心　其王如商賈

驕似突厥軍　黠如羅甸虜
爾盾雖彭亨　擊碎如破瓦

注滿杯中酒　樾下舞婆娑
國恥棄如遺　靚妝猶娥娥
明眸復善睞　一顧光婁離
好乳乳奴子　使我涕滂沱

我立須寧峽　旁皇雲石梯
獨有海中潮　伴我聲悲嘶
願為摩天鵠　至死鳴且飛
碎彼娑明杯　俘邑安足懷
（此首可與前面馬譯對照）

沈博絕麗，自是上品。在譯西洋詩到中國來之外，他在《文學因緣》、《英漢三昧集》裏又將我國許多古詩的英文譯品介紹到外國去。

在這新舊勢力交替的時期中，我國的詩就漸漸的形成兩大宗派。一派是保守的，其唯一的工作，還是模彷李白，杜甫的風度，迷戀著過去。另一派是改進的，其任務是向外國去找尋新的題材。極力介紹雪萊、拜倫，神往於西洋詩的風格。這兩派各樹一幟，互相反對，堅持不下。現在將這兩大宗派概括的分論一下：

保守派的作詩，是全仗著模彷的。他們大概採取兩步手段。第一步是摹擬。譬如誦讀一個名家的詩，他們最先潛心去研究那名家時常愛用的字眼，和那些字眼的用法。我們就任意拿下面杜甫的兩句來做個例：

白日放歌須縱酒　青春作伴作好還鄉

用白字來形容日。不說唱歌而說放歌。不曰飲酒而曰縱酒，在春字前面加上一個青字。於是旁人便摹擬起來。這是說單是字眼方面的。等到把一字一字已研究好了，然後再去摹擬全句的結構，這是字句的摹擬。次之是在容貌方面用功夫。所謂容貌，就是音節聲調，因為一個詩人的作品必有一種特殊的音節的。再次之是揣摹那含蘊在詩句裏面的神味，那種隱在詩篇中的靈魂。等到此種摹擬已成功了，然後合二家，三家或竟至於數家的大詩人，將各人的好處，融會在一起，而自成一家，再開始第二步創造。創造概括外形和內容。對於外形上，先是擇字。就是憑自己的目力去揀擇那恰好表現自己意思的字眼。次之是鑄句，鍛練自己的句子。再次之是成篇，既在字句方面成就了，就注意到全篇的結構章法，就是整個的起勢格局的建設。對於內容方面，每人都得根據各人的生活，學殖，和思想而定。

改進派之異於保守派，在乎他們所追求的是外國的模型，他們所採取的手段，可以分為三步。第一步，是材料方面，這和時代背景是有密切關係的。因為現在科學文明進化的緣故，所以才有黃公度會想到以電報，火車，照相等做詩料，這是決非保守派詩人所敢或所能嘗試的。第二步，是工具方面。如胡適之主張用白話作詩，以為文言是古人的工具，已不復適於表現今人的思想和情感了。第三步，是體裁方面。最近像徐志摩，聞一多這班人，主張用西洋詩體做中國詩，就是以純粹的中國字句，來寫外國詩。

現在我們來細細的觀察一下。在我看來，保守派裏有些人之無大成就，是因為他們祇以摹擬為唯一能事的道理。有人能學像那一家或數家的字句、形貌、神味，便故步自封，再不求長進了。結果，最多是產生了多少像真的李白、杜甫、王維；至於真正的創造，還正遠啦。沒有一顆真的心靈在活躍著就是保守派的作品已不復能得人心的唯一的理由，亦就是保守派終歸是絕無希望的唯一的理由。反過來我們來看看改進派。第一，胡適之主張用白話寫詩，這決不是徹底的辦法，要曉得所謂白話、文言，只是作詩的工具。現在把文言改做白話，只是把工具改換了，詩的本質自己，還是不曾更動。這種誰都知道只是換湯卻不曾換藥。不說夕陽芳草，改為將落山的太陽和青青的小草，把月老、嫦娥、玉帝齊丟在一邊，而採用維納斯、上帝、愛普羅，便自詡曰新詩革命已成功，這就是新詩革命之終於不成功的原故。第二，中國陳腐的詩之需要改革，是無庸諱言，可是我們得記清，現在我們所要創造的，是中國的新詩體，可決不是中國字寫的外國詩。

第二講　喬那律士姆與近代散文

潘正鐸　記

魏晉文體之遺留——桐城派回光反照——梁啟超之新文體——嚴復之翻譯——章士創之邏輯文——文體改革之呼聲

一九十一年，中華民族推翻了滿州政府，於政治上開了新紀元，同時於文學上亦發生重大變動。然而要講文學之變動，不得不先明白未變動以前的幾位「文章老宿」！

王闓運字壬秋又字壬父，湖南湘潭人（一八三二－一九一六）。少時天資很拙，然而很肯刻苦用功；所以學業大進。當這個時候，一般學者，承乾嘉以來之餘風：重考證，略論辯，不講修詞。於是闓運慨然說道：

「文章者，聖之所托，禮之所寄；史賴之以信後世，人賴之以為語言；詞不修則意不達，意不達則藝文廢；俗且反乎混沌！況乎孳乳所積，皆仰視俯察之所得；字曰文，言其若在天之象，在地之鳥獸蹏跡，必其燦著者也！今若此，文之道幾乎息矣！」

大概他做文章推源於詩、禮、春秋，而糝以莊、列、賈、董。所以他的文章，有庾信的精彩，而能夠去其糟粕，很像魏，晉時代人的作品。汪國垣的《光宣詩壇點將錄》，把托塔天王晁蓋比他；正因為他能夠開一代之風氣。現在把他的「《秋醒詞》序」抄在下面，以見一般：

> 戊午中秋既望之次夕，余以微倦，假寐以休。褢衿無溫，憬焉而寤！方醒之際，意謂初夜；傾聽已久，乃絕聲聞。攬衣出房，星漢照我，北斗搖搖，庭院垂光。芳桂一枝，自然勝露。秋竹數莖，依其向月。青扉半開，知薄寒之已入。垩牆如練，映苔地以逾陰。像床低彩凰之帷。金缸續盤龍之焰。羅幬輕揚而已驚蝨宿。瑣窗無聽而坐聞蟲語。湛湛之露，隔鴛瓦而猶涼。瑟瑟之風。送雞聲而俱遠。遼落一聲，旁皇三款！豈像網三求之後，將鉤天七日之終？憮然自失，旋云有得矣！嗟乎！鏡非辭照，真性在不照之間。川無水流，靜因有不流之體。然則屢照足以疲鏡；長流足以損川；推移之時，微乎其難測也！且齊有穿石之水。吳有風磨之銅。油不漏而炷焦；毫不墮而穎禿；積漸之勢也！筍一旬而成竹；松百年而穿天；遲速之效也！人或以百年為促，而不知積損之已久！或以耄期為壽，而不知佚我之無多！是猶夏蟲之疑冰，冬鶡之忌雪矣！一年已來，偶有斯覺；未覺之頃，相習為安！況同景異情，覺而仍夢；庸得不即機自警，依影冥心者哉？於斯時也，從靜得感，從感生空；意御列風之是非，棄軒雲而升降，接盧敖之汗漫，入李叟之有無；

猶陳思之登魚山。茂陵之歎敝屣也！俄而侍娃旋起，閨人已覺，一庭之內，郡籟漸生；似華胥之頓還，若化城之忽返。是知安閨房者，苦人之擾天。棲空山者，必靜而慕動。神仙縱可以學至，儻非智慧之士所得而息機焉！居塵途而談玄寞，在金門而希隱遯，懸車之願徒設，拂衣之效無聞！與夫北山軒眉，終南捷士，牛巢論禪代之事，武陵知漢晉之遷，亦有欣衷，未容相笑也！若出而思隱，將隱而思出乎？子思所以有素行之箴，許行所以有一瓢之累也！但幸契遐心。堪祛勞慮。信有為之如六，悟還真之用九。蓋勞在百年之中，而愁居七情之外。由是瀲心眇言，然脂和墨，聊賦其意，命曰愁醒詞。涴筆水盂，叩聲霜磬。飛螢入戶，引幽想以俱明。早雁拂河，聞秋吟而不去。人間風月之賞，別有會心。道場人天之音，切於常聽也！

闓運的重要著作，有《湘軍志》，記曾國藩起湘軍和平洪楊之亂的始末。文辭高健，可說是唐後第一良史！闓運也自以為記事直追太史公。

闓運論文和曾國藩不同。所以他說：

「國藩之文，欲從韓愈以追西漢，逆而難；若自諸葛忠武曹武王以入東漢，順而易。」

他以為做文必須講究修詞；修詞必須追古；「文不取裁於古，則亡法！文而畢摹乎古，則亡意！」大抵前清一代，學駢文者，像汪容甫一流人物，皆主張四六文體。闓運崛起，能夠不受風氣的影響，有魏晉的遺風。所以覺得難能可貴！

李詳字審言，江蘇興化人。作文專宗文選。他的著作有《文心雕龍箋》和《學製齋駢文》。他給錢基博的信道：

「弟初好容甫文，又嗜文選昭明之序；日加三復。阮太傅文言說，尤所心醉！」

從這裏可以很明白地看出他所學文章的派別了；對於桐城派很瞧不起，曾說道：

「但觀古文辭類纂，為總集大成。置考據義理於不顧，質則俱矣！於文何有？此山谷所云：濡濡終與豕俱焦者。」

他又和樊增祥極不相容，聲名就此不振。這雖說是「文人相輕，自古而然。」然而由此也可見他的胸襟，未免太狹窄了！

章炳麟原名絳，字枚叔，號太炎，浙江餘杭人。德清俞樾，和定海黃以周的弟子。生性喜歡高談闊論，不與人同。每每詬罵嚴復、林紓、梁啟超，等一般人物。他論文章，崇奉魏晉；看不起桐城古文家；卻承認桐城文在近代是有用的文體。他在《訄漢微言》裏說道：

「明末猥雜佻侻之文，霧塞一世，方氏起而郭清之。自是以後，異喙已息，可以不言流派矣。乃至今日，而明末之風復作。報章小說，人奉為宗。幸其流派未亡，稍存綱紀，學者守此，不至墮入下流，故可取也。若諦言之，文足達意，遠於鄙倍可也。有物有則，雅馴近古，是亦足矣！，派別安足論？然是為中人以上言爾。桐城義法者，佛家之四分律也。雖未與大乘相齒，用以摧伏魔外，綽然有餘，非以此為極致也。」

炳麟「少時治經，謹守樸學。……博覽諸子。……歷覽前史。……繼閱佛藏。……義解漸深。……東走日本，……覽彼土所譯希臘、德意志之書……」（葑漢微言）他有超於魏晉時代文人所有的學術思想，所以論文未免有過偏之處。對於並代的文人，只推崇王闓運一個。他的作品往往用古字來代替現在通行的字，並且有好多地方幾乎不可句讀。但是他的學術使得他的文章自成一家，這是值得欽佩的！

黃侃字季剛，湖北蘄州人，章炳麟的弟子。天性神悟，尤長於音律。他的文章，是取法晉宋的，非常澹雅。他論文主張修詞，反對考證；對於胡適等所提倡的白話文，也非常反對！

文章從明末李夢陽、何景明等一流人物倡「文必秦漢，詩必盛唐」之說以來，專門作艱深不可讀的文章，以號召於天下。其結果：一般人做出來的文章，材料很蕪雜，結構很散漫，一點沒有精彩。文章到了這個時候，可說是衰頹到極點了！於是乎有歸有光出來，上溯歐陽修、曾鞏，遂開了桐城派的先聲。後來經過方苞、劉大櫆的擴張勢力，到了姚鼐再竭力提倡，選了一部《古文辭類纂》，以為學文章的法典。於是海內靡然從風，桐城派的名目，就此得以確立。同時陽湖惲敬、武進張惠言，作文取徑漢魏六朝，再轉學桐城派，而成立所謂陽湖派。洪楊亂後，曾國藩中興了桐城派，更發揚而光大之，成立所謂湘鄉派。總之，所謂陽湖派、湘鄉派，不過桐城別出的支流罷了。清末真能夠傳桐城派的正統，只有吳汝綸。他答嚴復的信道：

> 「中國書籍猥雜，多不足行遠。西學行，則學人目力奪去大半，益無暇瀏覽向時無足重輕之書，而姚選古文則萬不能廢，以此為學堂必用之書，當與六藝並傳不朽也。……世人乃欲編造俚文以教初學，此廢棄中文之漸，某所私憂而大恐者也。」

他的意思以為六經可以不讀；而姚纂則萬不能廢。他恨怕人家編造俚語以教初學，深以桐城派不得傳人為恨。果然他死了，桐城派也就完了。近代文壇上號稱桐城派的，不過寥寥幾個；大略把他們說一說：

林紓原名羣玉，字琴南，號畏盧，又自署冷紅生，福建閩縣人（一八二五－一九二四）。少時候喜歡讀史記，做駢文。後來學古文，很傾向於桐城諸老。他論文以為應當取徑左傳、史記、漢書，和韓文，以為「此四者天下文章之祖庭也！歷古以來，自周秦迄於元明，其閒以文名而卒湮沒勿章者何限！胡以左馬班韓巋然獨有千古？正以精神詣力，一一造於峯極；歷萬劫不復漫滅耳！」當初他雖然崇奉唐宋，然而也並不反對魏晉。後來做了北京大學的教授，和桐城人馬其昶、姚永概等相遇；於是專門為桐城派張目，態度便和前不同了！再後和崇奉魏晉的章炳麟爭；又和提新文化的胡適爭；聲望就此衰了！平心而論，他在近代文學上的地位：是他的翻譯小說；他何嘗能夠真正繼續桐城的正統！李詳說：「畏廬文集之尊桐城義法，方姚若存，亦必捭耳而走。」錢基博說：「畏廬稱宗祖桐城，政恐諸老未必肯視為正出嫡子。」皆非過激之論。

馬其昶字通伯，安徽桐城人。吳汝綸的弟子。作文取法姚鼐，自以為能守其邑先正之法。他的「《桐城古文集略》序」說道：

「唐宋以來，作者眾矣！而世之治古文者，獨取韓柳歐曾王蘇之作；一二深識之士，又謂：明歸氏及我朝方侍郎足以繼之。豈故隘其途哉？誠慎之也！」

他的論文宗旨，大概如此。至於他的文章，有《抱存軒集》十卷，陳三立稱他「淡簡天素」。章炳麟稱他「能盡俗」他真可說是桐城派最後的鉅子。

姚永概字叔節（?－一九二五），安徽桐城人，桐城派古文家姚瑩的孫子。他作文很雅澹，好像方苞，論者說他有桐城諸老的遺風。他的著作有《慎宜軒文集》。永概的哥哥永樸，字仲實，也是做桐城文章的，和永概齊名。刊有《蛻私軒詩文經說》。永樸、永概，皆曾任北京大學的文科教授。水樸又做了一部《文學研究法》，論文章的要旨很完備。此外學桐城派古文的，有永樸的姊夫通州人范當世（字無錯，號肯堂），和吳汝綸的兒子闓生。不過沒有像上面幾位這樣的重要，不多講了！

現在活著的桐城派古文家，不過馬其昶、姚永樸，和吳闓生三人而已。至於桐城派古文，毫無聲息，幾成「已死之虎」。因為了「桐城派之起，所以救古典文學之極敝」。所以他的好處，在於清淡；

而其末流，拘泥太甚，學者只曉得捧讀《古文辭類纂》，不過徒有空架子而已。因之桐城派不能再向前發展，從此漸漸衰微了！

清朝末年，政治腐敗；於是有所謂一般「有志之士，」像譚嗣同（一八六五－一八九八）、梁啟超（一八七二－一九二七），等起來要求「維新」。他們為了鼓吹「維新」的緣故，創造了一種「新文體」。這種新文體是從八股文、桐城文，和駢文裏解放出來，中夾些他們所知道的新知識，新思想。譚嗣同的文體和思想的解放，可以從下面一段文章看出來。他說道：

「男女媾精，名之曰淫；此淫名也。淫名亦生名以直來，沿習既久，名之不改，故皆習謂淫為惡耳。向使生民之初，即相習以淫為朝聘宴饗之鉅典，行之於朝廟，行之於都市，行之於稠人廣眾；如中國之長揖拜跪，西國之抱腰接吻，沿習至今，亦孰知其惡者？乍名為惡，即從而惡之矣。或謂男女之體生於幽隱，人不恒見，非如世之行禮者光明昭著，為人易聞易覩，故習謂淫為惡耳。是禮與淫但有幽顯之辨，果無善惡之別矣。是使生民之初，天不生其具於幽隱，而生於面額之上，舉目即見，將以淫為相見禮矣；又何由知為惡哉？」

譚嗣同不久死於戊戌的維新運動。「新文體」的成功者，實在是梁啟超。啟超字卓如，號任公，廣東新會人。戊戌變法不成，逃往日本，辦清議報和新民叢報；對於國內思想界文學界的影響很大。他的《清代學術概論》裏有一段說道：

「新民叢報，新小說等諸雜誌，暢其旨義，國人競喜讀之；清廷雖嚴禁，不能遏。每一冊出，內地翻刻本輒十數。二十年來，學子之思想頗蒙其影響。啟超夙不喜桐城派古文，幼年為文，學晚漢魏晉，頗尚矜煉。至是自解放，務為平易暢達，時雜以偶語韻語及外國語法，縱筆所至不檢束。學者競效之，號新文體」。老輩則痛恨，詆為野狐。然其文條理明析，筆鋒常帶情感，對於讀者頗有一種魔力焉。」

梁啟超做這種「新文體」，是從《公羊傳》和《戰國策》脫胎出來的；能夠想到那裏寫到那裏，不受任何拘束，筆下有豐富的情感，能夠使人家感動。他自己說：「務其平易暢達，時雜以偶語韻語及外國語法。」真是一點不錯。但是章炳麟卻很反對這種新文體，罵他：「報章小說，人奉為宗。」這種文體究竟是優是劣，我們姑且不論。然而自從這種「新文體」出來之後，我們中國才始有報章文學；我們的文字才始與民眾接近，為後來語體文的根源；其影響於文學界，不可謂不大！

從前外國人的文化不及我們；我們也閉關自大。所以從古以來除了幾部佛典之外，簡直沒有翻譯文學可說，到了近代，海禁開了，東西交通，一天一天的繁起來；和外國接觸的機會，也就一天一天的多了。結果：在軍事上打了敗仗，外交上又時常吃虧，於是有頭腦清爽的士大夫們，才知道現在的外國人是不可看輕了，他們也有比較我們好的地方。於是一方面派遣遊學生出洋學習；一方面設立同文館，製造局等從事翻譯；介紹西洋的文化。翻譯文學就從此發生了。翻譯文學最大的成功者，要算嚴復和林紓了。林紓的文章，上面已經講過；況且他所譯的，大抵是英雄兒女的小說，與文化沒有多大的關係，所以不再多說了。至於嚴復，他首先介紹西洋的思想進來，不但對於文學有很大的影響；同時對於文化也有很大的影響；現在大略把他說一說：

嚴復字又陵，號幾道，福建侯官人（一八五三－一九二一）。遊學英國，專攻政治和海軍，與日本伊藤博文，美國勞斯福（President Roosevelt）同學。回國後，因為清政府不能用，於是專心翻譯。他的文章，受桐城派古文家吳汝綸的影響很大；同時得到吳汝綸的幫助也很多。所以他在〈《羣學肄言》譯餘贅語〉裏說道：

「不佞往者每譯脫稿，輒以示桐城吳先生，老眼無花，一讀即窺深處；蓋不徒斧落徵引，受裨益於文字間也。故書成必求其讀，讀已必求其序。」

嚴復譯書，想溝通中西學問；往往把中學去傳會西學，所以他所譯天演論自序上說：

「近二百年，歐洲學術之盛，遠邁古初。其所得以為名理公例者，在在見極，不可復搖。顧吾人之所得，往往先之；此非傅會揚己之說也。……必謂彼之所明皆吾中土所前有，甚者或謂其學皆得於東來，則又不關事實，適用自蔽之說也。夫古人發其端，而後人莫能竟其緒；古人擬其大，而後人未能議其精；則猶之不學無術，未化之民而已。祖父雖聖，何救子孫之童昏也哉？大抵古書難讀，中國為尤。二千年來，士狗利祿，守闕殘，無獨闢之慮。是以生今日者，乃轉於西學得識古之用焉。此可與知者道，難與不知者言也。」

又他翻譯諸書，非常謹慎，「一名之立，旬日踟躕。」譬如Logic一字，譯為邏輯，覺得比較名學，論理等名稱要好一些。又他譯書，大抵皆用古雅的文章，簡直和周秦諸子的文章相彷彿。吳汝綸也曾稱讚他所譯的書：「駸駸與晚周諸子相上下。」所以他所譯的書，如《天演論》、《原富》、《羣學肄言》、《社會通詮》，……等，不但對於學術上能夠介紹西洋的思想；而在中國古文學上，也有很高的價值。希望青年學者，加以注意！

邏輯文是合乎邏輯的文章，這個名稱是羅家倫起的；他叫章士釗一派的政論文學為「邏輯文學」；又說士釗能集邏輯文學的大成。士釗字行嚴，筆名秋桐，後來因為和《紅樓夢》中的婢名相同改為孤桐，湖南長沙人。他曾經留學英國，專門研究邏輯。回國後曾任北大教授。他對於墨子有深切的研究，著有〈大取〉、〈小取〉、〈經說〉、〈詁釋〉、〈論辨〉等文。他對於文法的原理也很有研究，他在日本的時候，曾經做了一部中國文法書，叫做《中等國文典》。他的文章，以墨學做根底；以邏輯和文法做規則；所以嚴謹細密沒有地方可以攻擊他。

他能夠把中國的墨子，印度的因明，西洋的邏輯，鎔冶於一爐；比較梁啟超，胡適等一般人物要高一些。現在舉他的短評「爵氣」於下：

「客曰：民國者，民國也。可得有爵乎？無卯曰：不可得而有也。美之華盛頓，哈密敦之流亦曰不可得而有也。法之盧梭，涂維爾亦曰不可得而有也。民國而有爵，是說之不可通者也。然而吾之約法會議則大張恢復爵制之說。相傳顧鼇提議，謂：五等爵滿蒙人均有之，獨漢人不得有此，利益均沾之謂何？漢人之能沾者雖亦有之，而衍聖公一家耳。此平等之謂何？且爵賞也者，本傳來之慣例，非新邀之曠典，其復之便。議員張其鍠爭之不得，憤而去職，此事實也。客曰：民國不得有爵，敬聞命矣；顧吾則有之，何邪？無卯曰：此顧鼇之說則然耳！於民國無與也。荀卿曰：山淵平，天地比，入乎耳，出乎口，鉤有鬚，卵有毛，是說之難持者也，而惠施鄧析能之。無卯請得而益之曰：民國有爵，是說之難持者也，而顧鼇能之！客曰：亦有說乎？無卯曰：有之。請先言卵有毛。司馬彪曰：胎卵之生，必有毛羽。雞伏鵠卵，卵不為雞，則生類於鵠也。毛氣成毛，羽氣成羽，雖胎卵未生，而毛羽之性已著矣。故曰卵有毛也。今民國卵也，爵為毛羽，當其未生，毛羽先具。孫文黃興合而為鵠，伏以為雛，終不似之。毛氣成毛，羽氣成羽，爵氣成爵，故曰：民國有爵也。鼇之說也。客曰：善。雖然，無卯請得告客曰：惠施鄧析能持難持之說，荀卿雖稱之，而終之曰：然而君子不貴者，非禮義之中也。凡是等語以入其篇，名曰不苟。今鼇之說雖辯，在荀卿視之，則苟焉而已，君子所不貴也。」

胡適以為他的文章，只見整嚴，而不及社會，沒有效力。這是胡適不能欣賞他的文章！

最近《東方雜誌》二十六卷十四號有〈五常解〉一文，是他的近作；用西洋文化來解釋中國文化，以為「中土文化初程，豈獨例外！」說明仁義禮智信皆起於男女愛悅之情。不但在文學上有很高價值；而且在學術上也有很大影響；也可說是將來溝通中西文化之先聲。

自從清季以來，我國軍事上外交上皆節節失敗，於是國人對於西洋文化引起了相當的注意，這未嘗不是一種好現象。而其末流一般青年，到外國跑了一趟，無論何事，皆崇拜西洋化，把人家的主義，生吞活剝，來改革我的固有，適足以造成一種非中國式的東西。文學界的文體改革運動，也便從此發生了。

胡適於一九一七年在《新青年》雜誌上發表了〈文學改良芻議〉一文；提出了八不主義；他說道：

「吾以為今日而言文學改良，須從八事入手，八事者何？

一曰，須言之有物。

二曰，不摹仿古人。

三曰，須講求文法。

四曰，不作無病之呻吟。

五曰，務去爛調套語。

六曰，不用典。

七曰，不講對仗。

八曰，不避俗字俗語。」

自從胡適提出八不主義之後，陳獨秀首先贊成；同時發表了他的文學革命論，其言道：

文學革命之氣運，醞釀已非一日，其首舉義旗之急先鋒，則為吾友胡適。余甘冒全國學究之敵，高張「文學革命軍」大旗，以為吾友之聲援。旗大書特書吾革命軍三大主義：曰，推倒雕琢的阿諛的貴族文學，建設平易的抒情的國民文學；曰，推倒陳腐的鋪張的古典文學，建設新鮮的立誠的寫實文學；曰，推倒迂晦的艱澀的山林文學，建設明瞭的通俗的社會文學。

錢玄同見了胡適、陳獨秀的主張，也就挺身加入他們的「文學革命軍」。劉復也起來做了一篇「我之文學改良觀」。於是有許多入用白話著書，文學革命運動便風起雲湧彌漫全國了。

自從胡適「文學改良芻議」和陳獨秀「文學革命論」發表之後，贊成者固然很多，然而反對者亦不乏人。林紓無形中做了反對黨的領袖，他做了幾篇小說，像〈妖夢〉、〈荊生〉之類，在上海的《新申報》上發表，以諷譏胡適、陳獨秀等。他又寄給北大校長蔡元培一封信道：

「……若云死文字有礙生學術，則科學不用古文，古文亦無礙科學。英之迭更累斥希臘、拉丁、羅馬之文為死物，而至今仍存者，迭更雖躬負盛名，固不能用私心以蔑古。矧吾國人尚有何人能如迭更者耶？須知天下之理，不能就便而奪常；亦不能取快而滋弊！……且天下唯有真學術真道德，始足獨樹一幟，使人景從。若盡廢古書，行用土語為文學；則都下引車賣漿之徒，所操之語，按之皆有文法，不類閩廣人為無文法之啁啾；據此，則凡京津之稗販，均可用為教授矣！若水滸、紅樓皆白話之聖，並足為教科之書；不知水滸中辭吻，多採岳珂之金陀萃禮；紅樓亦不知為一人手筆；作者均博羣極書之人。總之：非讀破萬卷不能為古文，亦不能為白話。……」

還有梅光迪（字迪生）也很激烈的反對胡適等，做了一篇駁他們的文章「妄謬與盲從」，登在民心報上。同時胡先驌（字步曾）也起來反對胡適、陳獨秀等的論調，做了一篇文學改良論，以為文字自文字；文學自文學；外國亦有許多語文不合一之處，白話不能完全代替文言。又有一篇「評胡五十年來中國之文學」，也是駁胡適的。

又有吳芳吉，反對胡適最激烈的。他做了四篇「論吾人眼中之新舊文學觀」。第一篇籠統的議論；第二篇駁胡適的「八不主義」；第三篇駁胡適的「歷史的文學觀念論」；第四篇又總駁胡適；其言道：

「文學惟有是與不是；而無所謂新與不新；此吾人立論之旨也。……夫文學故非政治可與比凝，……政治不良，其罪在於執政之人，故當鋤而去之，此其手段，是曰革命。文學之善與不善，其責惟在於己，已所為文不善，已之罪也，非文學之罪也。革己之命可也；革文學之命不可也。而乃混為一談，牽強附會，已屬根本不是。再觀其所謂八不主義者，果足稱為是耶？亦似是而實非耶？

其一曰：須言之有物，以為物乃包括思想情感而言，非古人文以載道之謂也。……文以載道者，謂為文者必由此生人之路以行之也。以言情感，情感之能達乎是者，孰有更篤於此？以言思想，思想之能辨乎是者，孰有更加於此？……文以載道失之籠統，固為不是；言之有物其範圍狹小，意思板滯，其易滋流弊益甚！豈非似是而實非者也？

其二曰：不摹仿古人，以為摹仿乃奴性之事也。夫人生至不齊也，……能創造者，自創造之；不能創造，摹仿何傷？……即自新派本身言之，……雖於本國文學不屑摹仿，於外國文學依然摹仿甚肖，且美其名曰歐化。…吾人以為摹仿不可不有，又不可不去。不摹仿，則無以資練習；不去摹仿，則無以自表現。……彼舊派已誤於前；新派再誤於後；不亦似是而實非耶？

其三曰：須講求文法也。自此論倡，於是趨時之輩，著為文法語法頗眾，文法語法之論愈多，文學亦愈機械而無生氣。……新派之所謂文法，總其大要，不外「歐化」二字。……吾人且樂觀歐化的文法之成功。然……法本死物，賴人活用。苟不知所用之，雖至善之法，仍可生出惡果。況西洋文法與中法之構造習慣各不同耶？……吾人之意，則不在拘拘於法，而在明白於理。所謂理者，即凡為文者能順其文之構造與習慣而活用之，在因文生法；而不在因法限文是也。……今文法之所言者，乃區區之形跡。與其謂新派之能講求文法；莫若謂新派之作法以自斃。故曰：講求文法，亦似是而非之言也。

其四曰：不作無病之呻吟也。此中包括二義：一以為無病而呻，則陷入悲觀。一以為無病而呻，則陷於虛幻。其實皆非矣。新派之所謂悲觀者，非望落日而思暮年；對秋風而思零落；春來則惟恐其速去；花發又懼其早凋者乎？然此非悲觀也，……蓋真性自然之流露，有似乎悲觀者耳。……新派又以無病而呻直同虛幻，是亦不當。……呻者必有病。病有輕重疾緩之異；故所呻之言有明暗剛柔之差也。且所謂幻者，非真已耳。文學境界，故不必真；屈子莊生之為幻。固矣！水滸紅樓，何莫非幻？……故曰：不作無病而呻之言，又似是而實非也。

其五曰：務去爛調套語也。夫所謂爛者，非用之甚廣者耶？所謂套者，非傳之彌久者耶？……今人生古人數千載後，今日之文字辭語，莫非古人數千載所遺傳；吾人苟不欲用文字辭語則已，苟欲用之，其幾何能脫彼爛套？故吾人之意，以為文字辭語之為物，既屬天下公有，即無所謂爛套。其運用之為朽腐，為神奇，全視運用者手段之高下。不必務求剷除，但養成高明之手段：不必務求取用，但視察其自然之時機。是以吾人之對於所有文字辭語，當任我選擇，任我組織；亦可獨造，亦可因依；故曰：務去爛調套語，又似是而實非也。

其六曰：不用典，以為一受其毒，便不可救也。文學乃緣歷史以發生，人不習知歷史，則必不能從事文學。夫典，事也；所謂典故，古之事也；亦即歷史之事也。……苟不能禁人斷絕歷史知識，則不能禁人不引用古事，則不能禁人不引用典古。……是以典無廣義狹義之稱；只有合法與不合法之用。……吾人以用典為修辭中之一法，但欲學習典之善用，以益拓大修辭之功能，不必強用；亦不必拒用也。……故曰：不用典之說，又似是而實非也。

其七曰：不講對仗，以為微細纖巧，真小道耳。嗟乎！微細纖巧，持對仗之末流耳，非對仗之本也。……試又一覽新派之作品中，如「作客情懷，別離滋味。」……「頭也不回，汗也不揩。」……「頭髮偶有一莖白，年紀反覺十年青。」……「辛苦的工人，在樹下乘涼；聰明的小鳥，在樹上唱歌。」……。如此之類，非猶對仗者乎？嗟乎！反對對仗之用者！前有古文，後有白話。反對愈多；而對仗之用愈廣。苟無對仗，不但文之不美；亦且意有不達。故自聖經賢傳，諸子百家，下逮小說白話，旁及語錄佛書，……必求利用對仗……，故曰！不講對仗，又似是而實非也。

其八曰：不避俗語俗字也。夫文字表現之道有二：曰，視其人而為用；曰，視其事而為體。由前之說，則不避俗語俗字之意，殊為模棱不定。夫所謂俗者，通俗之俗耶？鄙俗之俗耶？若為通俗之俗，則社會上日用之文字，固亦文學中所用之文字。……若為鄙俗之俗，除小說戲曲中極少之例外，不但一般文學中不當用鄙俗之字，即吾人言語，何嘗肯有鄙俗之話？然則所謂俗者何所指也？由後之說，則在官言官，在市言市；各有章法，各有口吻；惟其言之得體，又無所謂避不避俗。……故曰：不避俗語俗字，又似是而實非也。」

由上以觀，文學革命，提倡者和反對者，皆持之有故；言之成理；孰是孰非，姑且不論。然而白話在今日已經成為一種很風行的體裁。不過白話在文學上是否有價值。還是一個疑問。

第三講　同光以來之小說家

周宸明　記

《紅樓夢》之餘響及其反響——《三俠五義》之流行及公案之摹擬——李、吳兩家之崛起——劉鶚的《老殘遊記》——東亞病夫之《孽海花》——小說界之曙光

提起《紅樓夢》，誰都知道是部了不得的傑作。原名《石頭記》。作者曹雪芹，名霑，一字芹圃，生於南京，鑲藍旗漢軍。享年四十有餘（西曆一七一九？－一七六四）。十歲的時候，家遭巨變，忽然衰落下來。到了中年時，貧居西郊，每天祇能吃些饘粥。但在這個時節，他還是很傲兀浪漫，時常縱酒賦詩，自樂其樂。《石頭記》就是在這時候寫下的。但祇寫了八十回，沒有完筆就死了。一七六五年有傳寫本出版；經過了五六年後，銷路大增。到了一七九二年時有人替他續到一百二十回；同時書名改做了《紅樓夢》，有些字句也變動了些。前八十回不過露些「悲音」，很難知其究竟。後四十回雖然祇有原書的一半，但是事節的波浪迭起，破敗死亡，接踵而至；真可把「食盡鳥飛，獨存白地」兩句話來描寫那種情景。可是結果的時候，又稍為興盛了點兒。

《紅樓夢》的餘響是怎樣的大？其反響又何如？這個，先得知道《紅樓夢》本事的大概；從大概上就能推知餘響和反響：

全書所寫，雖不外悲喜之情，聚散之跡；可是人物事故，都擺脫了舊套，和以前的那種人情小說全不相同①。像開篇所說：

> 空空道入遂向石頭說道「石兄，你這一段故事，……據我看來：第一件，無朝代年紀可考；第二件，並無大忠大賢，理朝廷治風俗的善政，其中只不過幾個異樣的女子——或情，或癡，或小才微善——亦無班姑蔡女之德能。我縱抄去，恐世人不愛看呢。」
>
> 石頭笑曰，「我師何太癡也！若云無朝代可考，今我師竟假借漢唐等年紀添綴，又有何難？但我想歷來野史，皆蹈一轍，莫如我不借此套，反到新鮮別致，不過祇與其事體情理罷了。……歷來野史，或訕謗君相，或貶人妻女，姦淫兇惡，不可勝數……至若才子佳人等書，則又千部共出一套，且其中終不能不涉於淫濫，……竟不如我半世親睹親聞的幾個女子，雖不敢說強似前代所有書中主人，但事蹟原委，亦可以消愁破悶也。……至若離合悲歡，興衰際遇，則又追跡躡蹤，不敢稍加穿鑿，徒為哄人之目，而反失其真傳者……」②

全書以賈寶玉為中心，配上了以楚腰纖細之情魂，金陵十二釵為正冊，侍妾、丫環等十二釵為副冊，又加上了賈家的諸公子，親戚家各兄弟，與僮僕、侍役等，總計男子二百三十五人，女子二百十三人，綜錯配合，全篇分章，共一百二十大回。這種大規模，大計畫的做法，結構細密，用意周到，禍福相倚，吉凶互伏，雖千變萬化，亦有線索，如珠走盤，粒粒不爽！全部有條有序，真是偉大之作！所引為微憾的，便是時日有矛盾，事件缺照應，尤其是沒有明記史湘雲和妙玉的來歷，何時才進賈府？實不免粗漏疏忽。但是滔滔九十萬言真是古今中外第一的言情小說，而以天地秀麗之氣，不鍾於男子而鍾於女子，女子真是情魂。作者將金陵十二釵三十六美人的女性美，各人各樣地發揮盡致，曲盡溫柔、優雅、清高、戀愛迂執、嫉妒、淺慮、陰險，等一切情海裏的波瀾，詳細地演述男女兩性的悲歡，離合，嬉笑、怒罵的種種的心理形態。作者又很用力地描寫佳人才子和那些紈絝少年。他以富貴榮華做全書的樞紐。③

全書所敘述的都是作者親自見聞的實情。日本學者鹽谷溫在他的《中國小說概論》裏下了個很確切的批評。他引用作者的原句說：「其中大旨談情，而其事不過實錄，絕無假擬，妄稱，私約，偷盟的淫穢，原來是關於君臣，父子，夫婦，兄弟，倫常之所，皆是詩人忠厚之旨，實非別事可比。」④但是後來研究「紅學」的人們，想在書裏面別求深義，大家絞盡心血去猜那想入非非的笨謎，於是走上了歧路，而替《紅樓夢》加上了一層很不自然的解釋；他們去收集了很多毫沒關係的零碎史事來附會《紅樓夢》裏的情節。因之揣測的說數，越弄越多了。現在且把著名的幾個，略略地敘述一些。

I. 康熙政事說。是說發端於徐時棟。他深信《紅樓夢》是清朝康熙時的政治小說。蔡孑民的《石頭記索隱》，可作這一派說數的代表。蔡氏的研究，是根據著《郎潛紀聞》的徐時棟（柳泉）之說：

「《紅樓夢》一書，即記故相明珠家事。金釵十二，皆納蘭侍御所奉為上客者也：寶釵影高澹人，妙玉即影西溟先生：「妙」為「少女」，「美」亦婦人之美稱；「如玉」「如英」，義可通假。……⑤

於是蔡先生這樣說：

「《石頭記》……作者持民族主義甚摯。書中本事在吊明之亡，揭清之罪，而尤於漢族名士仕清者富痛惜之意。當時既慮觸文網，又欲刖開生面，特於本事之上加以數層障幕，使讀者有『橫看成嶺側成峯』之狀況。」⑥「書中『紅』字多隱『朱』字。朱者，明也，漢也。寶玉有愛紅之癖，言以滿人而愛漢族文化也；好吃人口上胭脂，言拾漢人唾餘也。……當時清帝雖躬修文學，且創開博學鴻詞科，實專以籠絡漢人，初不願滿人漸染漢俗，其後雍乾諸朝亦時申誡之。故第十九回襲人勸寶玉道：『再不許吃人嘴上擦的胭脂了，與那愛紅的毛病兒。』又黛玉見寶玉腮上血漬，洵知為淘澄胭脂膏子所濺，謂為『帶出幌子，吹到舅舅耳裏，又大家不乾淨惹氣。』皆此意。寶玉在大觀園中所居曰怡紅院。即愛紅之義。所謂曹雪芹於悼紅軒中增刪本書，則吊明之義也。」⑦

這是蔡氏的主張。他按照了這個主張，便硬求各字各事的吻合。例如：

1 「賈寶玉，偽朝之帝系也；寶玉者，傳國璽之義也，即指胤礽，」⑧

2 「石頭記敘巧姐事，似亦指胤礽，巧字與礽字形相似也……」⑨

3 「林黛玉影朱竹垞（朱彝尊）也。絳珠影其字也。居瀟湘館，影其竹垞之號也……」⑩

4 「薛寶釵，高江村（高士奇）也。薛者，雪也。林和靖詩，『雪滿山中高士臥，月明林下美人來。』薛字以影江村之姓名（高士奇）也……」⑪

5 「探春影徐健庵也。健庵名乾學，乾卦作『三』，故曰三姑娘。健庵以進士第三人及第，通稱探花，故名探春。……」⑫

「王熙鳳影余國柱也。王即柱字偏旁之省，國字俗寫作『国』，故熙鳳之夫曰璉，言二王字相連也。」⑬

蔡氏的方法，是每舉一人，必先舉他的事實，然後引《紅樓夢》裏的情節來配合。可是除掉《孽海花》、《儒林外史》等有限的幾部之外，蔡氏的索隱方法是不能應用的。《紅樓夢》就是這方法不適用於推求書中人物事情的一部。關於這點，顧頡剛先生曾經舉出兩個重要的理由：

1 別種小說的影射人物，只是換了他的姓名，男還是男，女還是女，所做的職業還是本人的職業，何以一到《紅樓夢》就會男變為女，官僚和文人都會變成宅眷？

2別種小說的影射事情，總是保存他們原來的關係。何以一到《紅樓夢》，無關係的就會發生關係了？例如蔡先生考定寶玉為胤礽，黛玉為朱竹垞，薛寶釵為高士奇，試問胤礽和朱竹垞有何戀愛的關係？朱竹垞與高士奇有何吃醋的關係？

這派說數，以前確也很有些個人相信的。但自從胡適作《紅樓夢》考證，我們得了曹雪芹的生平之後，是說就被推翻了。胡適在他的文存二集卷四裏很肯定地說：

「……向來《紅樓夢》一書所以容易被人穿鑿附會，正因為向來的人都忽略了『作者之生平』一個大問題。因為不知道曹家有那樣富貴繁華的環境，故人都疑心賈家是指帝室的家庭，至少也是指明珠一類的宰相之家。因為不深信曹家是八旗的世家，故有人疑心，此書是指斥滿洲人的。因為不知道曹家盛衰的歷史，故人都不信此書為曹雪芹把真事隱去的自敘傳……」⑮

簡而言之，胡適所考證得的最有力的一點是：曹雪芹是藍旗漢軍，而《石頭記》實在是他的自敘。

II.清世祖與董鄂妃的故事說。王夢阮，沈瓶庵等主張是說。他們合作了部《紅樓索隱》；在提要裏他們這樣地寫下：

「蓋嘗聞之京師故老云，是書全為清世祖與董鄂妃而作，兼及當時諸名王奇女也。」

同時他們又指定董鄂妃就是秦淮江邊的名妓，嫁給名士冒辟疆做妾的董小宛。後來清兵下江南，把她奪了去，送到北京。得寵於清世祖，因而被封為貴妃。但她不幸早世，世祖感傷不已，遂遁跡五臺山，去做和尚了。

他們又說《紅樓夢》裏的賈寶玉就是清世祖，林黛玉就是董鄂妃。

「世祖臨宇十八年，寶玉便十九歲出家；世祖自肇祖以來為第七代，寶玉便言『一子成佛，七祖升天，』又恰中第七名舉人；世祖諡『章』，寶玉便諡『文妙』，文章兩字可暗射。」⑮又「小宛名白，故黛玉名黛，紛白黛綠之意也。小宛是蘇州人，黛玉也是蘇州人。……小宛遊金山時，人以為江妃踏波而上，故黛玉號『瀟湘妃子』實從『江妃』兩字得來。」⑯

他們這種附會，終究給孟森作的〈董小宛考〉⑰全部駁掉。其中最重要的一點，是董小宛生於明天啟甲子年，而清世祖是十四年後才生的。假說她是順治年入宮的話，那末那時她已是二十八歲了，而清世祖祇十四歲哪！怎樣一個十四歲的小孩子，會去愛上已徐娘半老的董小宛的嗎？入宮邀寵之事，當是附會。

孟氏在他的〈董小宛考〉裏更引了許多詩來證明冒辟疆的妾並不止小宛一人。其後胡適又細細地考證了一下，又指摘出了許多孟氏所遺漏了的幾點，這幾點也都是以前《紅樓夢索隱》裏絕無道理的附會。略舉一二點來證明那些個錯誤。

1.《索隱》說康熙帝二次南巡時，「曹雪芹以童年召對；」又說雪芹成書在嘉慶時。嘉慶元年（西曆一七九六）上距康熙二十八年，已隔百另七年了。曹雪芹成書時，他可不是一百二三十歲了嗎？

2.《索隱》說《紅樓夢》成書在乾嘉時代，又說是在嘉慶時所作！這一說最謬。《紅樓夢》在乾隆時已風行，有當時版本可證。況且袁枚在《隨園詩話》裏曾提起曹雪芹的《紅樓夢》；袁枚死於嘉慶二年，詩話之作更早的多，如何能提到嘉慶時所作的《紅樓夢》呢？

III. 納蘭成德家事說。俞樾的《小浮梅閒話》裏寫著：

「《紅樓夢》一書，世傳為明珠之子而作。……明珠子名成德，字容若。《通志堂經解》每一種有納蘭成德容若序，即其人也。恭讀乾隆五十一年二月二十九日上諭：『成德於康熙十一年壬子科中式舉人，⑱十二年癸丑科中式進士，年甫十六歲。』然則其中舉十五歲，於書中所述頗類也。」

陳康祺記姜宸英典康熙乙卯順天鄉試獲咎事，因而牽連到他的先生徐時棟的說數。徐氏說：

「小說《紅樓夢》一書，即記故相明珠家事，金釵十二，皆納蘭侍御所奉為上客者也。寶釵影高澹人，妙玉即影西溟先生，「妙」為「少女」「姜」亦婦人之美稱，「如玉」「如英」，義可通假……」⑲

錢靜方先生的〈《紅樓夢》考〉，也有附和這派的論調的。且看他寫的：

「是書力寫寶黛癡情。黛玉不知所指何人，寶玉固全書之主人翁，即納蘭侍御也。……即黛玉葬花一段，亦從其詞《飲水詞鈔》中脫御而出，是黛玉雖影他人，亦實影侍御之德配也……。」⑳

這種牽強附會的由來，說來也很滑稽。明珠是康熙時的一個宰相，滿洲的世族。他的兒子納蘭成德，年少而有才名。不幸在康熙二十四年就棄世了，享年三十一歲就棄世。他長於填詞，作《飲水詞》。在滿人裏，他真是個佼佼者。而又因他是一個翩翩風流的公子，因而把他來比擬寶玉，到是還配得上。而且他們兩的事蹟，性情等等，也很有點兒相同。這樣很多人就相信曹寅（今胡適證明非雪芹之父），和成德頗有些交情，《紅樓夢》裏所記的逸事，是雪芹聽他父親所說而得知的。

這裏要引胡適的考證來指出這派的無稽了。胡氏說這主張沒有一些可靠的根據，只是一種很牽強的附會而已。他舉了好幾個例子來證明他的說數。他說：

1. 納蘭成德生於順治十一年（西曆一六五四）死於康熙二十四年（西曆一六八五）年三十一歲。他死時，他的父親明珠正在極盛的時代（大學士加太子太傅，不久又晉太子太師，）我們如何可說那眼見賈府興亡的寶玉是指他呢？

2. 俞樾引乾隆五十一年上諭說成德中舉人時止十五歲，其實連那上諭都是錯的。……他中舉人時，年十八歲；明年癸丑，他中進士，年十九歲。……乾隆帝因為硬要否認《通志堂經解》的許多序是成德做的，故說他中進士時年止十十六歲。

「至於錢先生說的納蘭成德的夫人即是黛玉，似乎更不能成立。成德原配盧氏，為兩廣總督興祖之女；續配官氏，生二子一女。盧氏早死故《飲水詞》中有幾首悼亡的詞。錢氏引他的悼亡詞來附會黛玉，其實這種悼亡的詩詞，在中國舊文學裏，何止幾千首？……」若幾首悼亡詞可以附會林黛玉，林黛玉真要成「人盡可夫」了！㉑

還有一點是姜宸英有〈祭納蘭成德文〉，妙玉可能當得這種交情麼？照上面幾點看來，這種無意識的附會，完全是主觀的，任意的最不可靠的附會。這派主張，當然再沒有存在的地位了。

IV.曹氏自傳說：有些人相信這書的敘述全存著本真，裏面的事蹟通是曹氏親自所經歷過的。這個說數雖然出現得很早，但它的確定卻是最近的事實哪。袁枚早就說：「康熙中，曹練亭為江寧織造。……其子雪芹撰《紅樓夢》一書，備記風月繁華之盛。中有大觀園者，即余之隨園也。」㉒雖然這裏面稍有一點錯誤，但已言明雪芹所寫就是他自已的聞見了。等到胡適作考證後，於是知道曹雪芹實在生於榮華之家，終於蕭條之境，一生的經歷，「和石頭記」裏的盛衰情跡，差不多全部吻合。

《紅樓夢》在開場的時候，曹氏就這樣地寫下：

「作者自云曾歷過一番幻夢之後，故將真事隱去，而借『通靈』說此《石頭記》一書也……又云：今風塵碌碌，一事無成，忽念及當日所有之女子，一一細考較去，覺其行止見識皆出我之上。我堂堂鬚眉，誠不若彼裙釵。……當此日，欲將已往所賴天恩祖德，錦衣紈絝之時，飫甘饜肥之日，背父兄教育之恩，負師友規訓之德，以致今日一技無成，半生潦倒之罪，編述一集，以告天下。」㉓

這樣作者已自敘這《紅樓夢》一書就是一部將「真事隱去」的作者的自敘。現在作者誰都已承認是曹雪芹，那末《紅樓夢》是曹雪芹的自敘，是無可異議的了。而且像這一類的證明，在全書裏不知可以指出多少。如「……竟不如我半世親見親聞的這幾個女子……」之流。同時紅夢樓裏的賈政是次子，是先不襲爵，是員外郎。這三層和曹頫完全夠合。這樣賈政既是曹頫，賈寶玉一定是曹雪芹了。所以胡適很肯定地說《紅樓夢》是曹雪芹在家破產傾之後貧困潦到的時候所做的，它是一部隱去真事的自敘；裏面的甄賈兩寶玉，就是曹雪芹自己的化名，甄賈兩府也就是當榮華時的曹家的影子。照現在所得的證舉看來，曹氏自傳說是可靠的了。

《紅樓夢》在清朝因洩露滿洲貴族家庭之隱事，大遭滿人的忌恨。但是雖然好幾次消毀了原版，終究止不住它的流行。而且不但止不住，其流行反而越發廣大了。初版的時候只有八十回、這早就被證明。後來續四十回的著者究竟是誰呢？俞樾的《小浮梅堂閒話》裏考證《紅樓夢》的一條說：

「《船山詩草》有『贈高蘭墅鶚同年』一首云：『豔情人自說紅樓。』注云『《紅樓夢》八十回以後俱蘭墅所補』然則此書非出一手。按鄉會試增五言八韻詩，始乾隆朝。而書中敘科場事已有詩，則其為高君所補，可證矣。」

俞平伯也曾舉出三個理由，證明後四十回非曹氏所作。俞氏的理由是：

1. 和第一回自敘的話不合；
2. 史湘雲的被丟開；
3. 不合作文時的程式。

高鶚所補的四十回。也著實有它存在的價值。他那各個人物都寫作悲劇的下場，打破一向中國小說的團圓迷信。他居然忍著心腸硬把黛玉病死，寶玉出家，做了個中國小說所從沒有的大悲劇的結束；替中國文學保存了部悲劇的小說。那是多麼偉大的一件事啊！它同時是一隻違反我國人民的樂天的精神的悲劇。王靜庵先生說：

> 「若《紅樓夢》……則正第三種之悲劇也。茲就寶玉之事言之：賈母愛寶釵之婉嫕：而懲黛玉之孤僻，又信金玉之邪說，而思壓寶玉之病：王夫人固親於薛氏：鳳姐以持家之故忌黛玉之才，而虞其不便於己也；襲人懲尤二姐香菱之事，聞黛玉『不是東風壓西風、就是西風壓東風』之語（第八十一回）懼禍之及而自同於鳳姐，亦自然之勢也；寶玉之於黛王，信誓旦旦，而不能言之於最愛之祖母，則普通之道德使然；況黛玉一女子哉？……由此觀之，《紅樓夢》者，可謂悲劇中之悲劇也」㉔

續《紅樓夢》八十回本的，不止高鶚一個。俞平伯從戚蓼生所序的八十回本舊評裏抉剔後，得到個結論說「先有續書三十回，似敘賈氏子孫流散，寶玉貧寒不堪，『懸崖撒手』，終於為僧。」㉕有的說「戴君誠夫見一舊時真本八十回之後，皆與今本不同，榮寧藉沒後，皆極蕭條；寶釵亦早卒；寶玉無以作家，至論於擊柝之流。史湘雲則為乞丐，後乃與寶玉仍成夫婦……聞吳淘生中丞家尚藏有其本。」㉖

其他像《後紅樓夢》、《紅樓後夢》、《續紅樓夢》、《紅樓夢補》、《紅樓補夢》、《紅樓重夢》、《紅樓再夢》、《紅樓幻夢》、《紅樓圓夢》、《增補紅樓》、《鬼紅樓》、《紅樓夢影》、《青樓夢》等等像雨後春筍一般地先後出版了。尤其像《青樓夢》那種，值得我們的特別注意。《青樓夢》的作者是俞吟香，名達，江蘇長洲人。全書共六十四回。所描寫的情跡和敘述的事實，和《紅樓夢》根本不同。全書以妓女為主題。他主張與其在家裏處處受束縛，到不如到妓院去自由自在地快樂得多。此點是他所以作《青樓夢》的緣果。是書成於西曆一八七八年。取材於蘇州的倡妓來發揮他的「遊花國，護美人，採芹香，掇巍科，任政事，報親恩，全友誼，敦琴瑟，撫子女，睦親鄰，謝繁華，求慕道」㉗的大理想。這樣在一方面看來，當然偏於狹邪的迴響了。情節是「金挹香，工文辭，縱致纏綿於諸妓女，後掇巍科，納五妓，一妻四妾。為餘杭知府。不久父母皆在府衙中跨鶴仙去。挹香亦入山修真，又歸家度其妻妾；盡皆成仙。曩所識之三十六伎，原皆為『散花苑主坐下司花的仙女。』今亦一一塵緣已滿，重入仙班。」㉘這裏面所寫的情節太偏於傳奇，可說是沒有什麼真真的興趣。

這些續本，除掉《青樓夢》之外，差不多全是承襲高鶚的續書而更補助他的缺陷之處，終以「團圓」為結束。因為很多人對於《紅樓夢》的結局，終覺得太「怪乎常情，有所不滿。」他們真想「把黛玉、晴雯都從棺材裏扶出來，重新配給寶玉」㉙

另外像《燕山外史》、《鏡花緣》、《品花寶鑑》、《花月痕》，和《海上列花傳》等等好幾部書也都是受了《紅樓夢》的影響而作的。

先說《燕山外史》。《燕山外史》，共八卷，陳球作。以明朝馮夢楨所作的《竇生傳》為題材。因為用四六的駢麗文寫下，隨處都拘牽住，因而所敘述的事節，描寫的人物，都板澀得全沒些生氣。書中轉折和波瀾，雖也還多，但是事蹟庸陋，像一切佳人才子那種小說的常套，毫無創作的人物。傅聲谷曾替這書做了個註釋，說它不過像《平山冷燕》一流之佳人才子的小說而已。的確，這本書沒有多大意義。

《鏡花緣》的作者名李汝珍，字松石。全書有一百回。以女子為主人翁；處處替女子張目，有些部份，「有很深刻的譏刺，很滑稽的諷笑，甚至有很大膽的創見；如林之洋在女人國歷受種種女子所受之苦楚，為尤可注意者；……最壞的是後半部與前半部完全不調和。……不過像這樣的一部書，近代的中國卻已很少得了。」㉚現在再抄一段鏡花緣的原文，一窺作者的本意。

「泣紅亭主人曰：以史幽採哀萃芳冠首者，蓋主人自言窮探野史，嘗有所見，惜湮沒無聞，而哀羣芳之不傳，因筆誌之。……結以花再芳，畢全貞者，蓋以羣芳淪落，幾至澌滅無聞，今賴斯而不朽，非若花之重芳乎？所列百人，莫非瓊林琪樹，合璧駢珠，故以全貞畢焉。」㉛

這上面的一百個字，已把作者的本意，全部托出。魯迅說「作者命筆之由，即見於〈泣紅亭記〉，蓋於諸女，悲其銷沈，爰托稗官，以傳芳烈。」㉜不錯，幾千年來，誰都忽略了婦女問題。所以胡適說：

「李汝珍所見的是幾千年忽略了的婦女問題。他是中國最早提出這個婦女問題的人，他的《鏡花緣》是一部討論婦女問題的小說。他對於這個問題的答案。是男女應該受平等的待遇，平等的教育，平等的選舉制度。」㉝

不但是於婦女問題方面；於社會制度方面，也有所不平。所以作者每每故設事端，以寓理想。可惜為當的時勢所牽住，因而還常有迂拘思想，例如「君子國民情，甚受作者嘆羨，然因讓而爭，矯偽已甚。」㉞

全書最精采的一部份要算女兒國的一大段了。

且看胡適這樣地寫下：

「這一大段的宗旨只是要用文學的技術，詼諧的風味，極力描寫女子所受的不平等的，慘酷的，不人道的待遇，這個女兒國是李汝珍理想中給世間女子出氣伸寃的烏托邦。」㉟胡先生又說：

胡先生又說：

「他的女兒國的一大段，將來一定要成為世界女權史上的一篇永永不朽的大文；他對於女子貞操，女子教育，女子選舉等等問題的見解，將來一定要在中國女權史上占一個很光榮的位置。」㊱

再談到《品花寶鑒》。這是部敘述相公的秘話。陳森書所作，一八五二年出版，以伶人為敘述的中心；描寫乾隆以來北京優伶的情狀。記載中，常常羼雜進猥褻的辭句。說「伶人有邪正，狎客也有雅俗，並陳妍媸，固猶存勸懲之意。」㊲以狹邪人物事故做全書的主幹，而組織成幾十回長篇小說的，當以這部書為第一部。它全描寫著「當時京中士大夫，每以狎伶為務；使之侑酒，歌舞，一如妓女；」㊳描寫著一種變態的性愛。但是書中的事實，是不近人情的事實；書中的人物，是奇特的人物。陳氏雖用了全力去描寫他的人物，敘述他的事節，終不能使讀者感到像《紅樓夢》那樣使人興奮，使人感到興趣。因為敘事方面，終脫不了佳人才子那一流的主角。不過這裏面的佳人非女子，是別的書上所不曾有過的哪！

其後有《花月痕》。共十六卷，五十二回，一八五八年出版。「所述的事情，係為洪楊亂時的軼事，主人翁為韋癡珠與劉秋痕，韓荷生與杜采秋。有謂韓荷生是指最有功於洪楊之役的某公；而章癡珠即清代《先正事略》的作者。《花月痕》就是這作者所作，乃憤曲突徙薪者做下客，幸運而生者受上賞。」㊴上半部寫韋韓兩氏遊幕於并州，各有所戀於妓女秋痕與采秋。後來韋氏早死，秋痕以身殉之。後半部全敘述韓氏與采秋之成為夫婦，富貴顯達，冠於當時。他們倆的命運，和韋氏秋痕的薄倖正成了一個對照。

這部《花月痕》，雖然並不全寫狹邪之事，但和伎人卻特有關係。全部還是以佳人才子小說為定式。作者魏子安是福建閩縣人，少年時常出入於狹邪中，待中年後才折節而治朱程之學，晚年時學行更高；但他對於少年時所作的詩詞，不忍割棄，因而做了這部《花月痕》，而把那些詩詞都安插在裏面去。對於這書魯迅有很適當的批評。他說：

「其布局蓋在使升沈相形，行文亦惟以纏綿為主，但時復有悲涼哀怨之筆，交錯其間，欲於歡笑之時，並見黯然之色？而詩詞簡啟，充塞書中，文飾既緊，情致轉晦。……至結末敘韓荷生戰績，忽雜妖異之事，則如情話未央，突來鬼話，尤為通篇蕪累矣。」㊵

結束《紅樓夢》狹邪餘響的小說，當以海上列花傳為代表，這部書實寫妓家的一切切，絕少誇張。暴露妓女們的奸譎，而譏訾她們的無真情。書裏的人物情節，大都是實有的。確是「寫照傳神，屬辭此事，點綴渲染，躍躍如生。」㊶作者韓子雲，嗜鴉片，寄旅滬地頗久，為某報館的編輯，而於花叢中是閱歷很深的過來人。書出版於一八九二年，用上海土白寫成；所以在方言文學上，占著很重要的地位。它是上海一切小說雜誌的先鋒。出版的時節，非常風行。但是因作者於全局初無佈置，題材都取於社會上新發生的事故；全書也沒有一定的主人翁，所以可說是一部沒有結構的小說。但它所以能吸住很多的讀者，全因敘述之逼真；同時也因含著勸善醒世的意思。如「按跡尋蹤，心通其意，見當前之媚於西子，即可知背後之潑於夜叉；見今日之蜜於糟糠，即可博他年之毒於蛇蝎。」㊷

《紅樓夢》的影響確是很大；它能使人們於不知不覺中受了它的影響，沉醉而流於享樂主義，漸漸變成耽溺，淫蕩，頽廢，而至於墮落而不可救。它卻能左右天下之人心，國家的衰亡。於是《紅樓夢》是亡國論因之而起。同時文人們也漸漸厭惡《紅樓夢》裏人物的萎靡不振，一些氣概也沒有，而感到莫可名狀的虛空。在這種反響的環境下，出了部《兒女英雄傳》。

《兒女英雄傳》的作者姓費莫，名文康，字鐵仙，滿洲鑲旗人。原本有五十三回。但因屢次的散失，現殘存四十回了。原非名《兒女英雄傳》。「這部評話……初名《金玉緣》，因所傳是首善京都一椿公案，又名《目下新書》。……不乖於正，因又名《正法眼藏五十三參》。……後經東海吾了翁重訂，題曰《兒女英雄傳》。……」㊸

文康家本貴盛，但至晚年則中落，甚至困憊莫狀。於是著是書以自遣。升降盛衰，俱所親歷，「故於世運之變遷，人情之反覆」三致意焉。榮華已落，愴然有懷，命筆留辭，其情況蓋與曹雪芹頗類。惟彼為寫實，為自敘，此為理想，為敘他，加以經歷各殊，而成就遂亦異矣。「㊹《兒女英雄傳》確是一部傳奇。雖然取材於當時的社會為全書的背景，而人物卻都是理想的。作者想把英雄兒女之概，齊備於十三妹的一身上。因之使得她的「性格失常，言動絕異，矯揉之態，觸目皆是矣」㊺真的實現的世界上決不會有那種人物的。但有一點可取的是十三妹的那種豪俠之氣，和林黛玉多愁多病的風格適成了個絕端的相反。另外還有一點可取的是全書是以純粹的北平話寫成，在方言文學上佔了很重要的地位。

這部書上半部的情節還新鮮；到了下半部，則墮進了中國小說的舊套。十三妹在前半部是何等的了不得，但是結末仍舊嫁給個柔弱多妻的安驥。這是件多麼沒有意味的事情呀。胡適很中肯地批評說：

「這部書可以代表那『儒教化了的』八旗世家的心理。……書裏的安氏父子，何玉鳳、張金鳳，都是迂氣的結晶。何玉鳳在殺人救人的時節，忽然想起『男女授受不親』的聖訓來了！安老爺在家中捉到了強盜的時候，忽然想起『傷人乎？不問馬？』的聖訓來了？至於書中最得意的部分

——安老爺勸何玉鳳釵嫁人的一段——更是迂不可當的綱常大義。我們可以說、《兒女英雄傳》的思想見解是沒有價值的。他的價值全在語言的漂亮俏皮，詼諧有味。」㊻

《三俠五義》出版於一八七九年。原名《忠烈俠義傳》。作者是白玉崐凡。一百二十回。這部書是一般民眾對於水滸傳感到不滿而生的產物。全書以包拯為主人翁，總領一切豪俊。有三俠：南俠展昭、北俠歐陽春、雙俠丁兆蕙、丁兆蘭，及五鼠：盧方、韓彰、徐慶、蔣平、白玉堂。這些豪俊都先後傾心包拯，投誠受職，其後則遊行村市，安良除暴，破巨案，平惡盜，治襄陽王之亂，為國建功。這時候「世間方飽於妖異之說，脂粉之談，而此遂以粗豪脫略見長，於說部中露頭角也」㊼描寫草野豪傑，輒弈弈有生氣。鄭振鐸批評這部書說：

「全書結構甚完密，而事蹟復詭異而多變化。文辭亦極流利而明白，因此人物雖非真實的，事實雖為傳奇的，卻甚足引動讀者。俞樾見此書，以為：『事蹟新奇，筆意酣恣，描寫既入毫芒，點染又曲中筋節，正如柳麻子說：『武松打虎』，初到店內無人，蓦地一吼，店中空缸空甏，皆瓮瓮有聲：閒中著色，精神百倍」㊽

它描寫著人物的個性卻很有力，像蔣平的聰明，艾虎的活潑，歐陽春的鎮靜，徐慶的傻直，都很有些個性的區別。

這部書的本事取材於宋史，加上了元人雜劇中的包公「斷立太后」及「審烏盆鬼」等，和明人做的《包公案》，亦名《龍圖公案》，敘述包拯藉私訪夢兆鬼語第判斷奇案六十三事。這些都做了《三俠五義》的藍本。其後因書中南俠，北俠雙俠等，為數已四，又加上了小俠艾虎，黑妖狐智化，及小諸葛沈仲元等，因而改名《七俠五義》，一八八九年出版。

一八八九年的夏季，《小五義》出於北京；冬季又出了《續小五義》；各有一百二十回。序裏雖說都是白玉崐的遺稿，可是和《七俠五義》比較起來，那末《小五義》的情跡，荒率殊甚；《續小五義》裏，亦毫無精采。況且這兩部書裏又有許多不通的回目，許多不通的詩句。這裏不必多去討論了。

《三俠五義》並不是敘述公案的第一部。在先已有《施公案》（一八三八）。有八卷九十六回。另一名叫做《百斷奇觀》。全書記述康熙時施仕綸從泰州知州做到漕運總督所斷下的各件名案。比明之《包公案》，要曲折些。一個案子常寫了好幾回；而且斷案之外又常遇到奇險，這已替俠義小說開了個先導，全部的文辭雖很拙直，然而它在民間，卻也占了不小的勢力。祇要提起黃天霸，誰都知道他是一個俠義的英雄。

《彭公案》（一八九一年）共有二十四卷，合一百回。貪夢道人作。敘康熙朝時彭朋做三河縣的知縣，「洊棹河南巡撫，回京出查大同要案等故事。」㊾全書不外是「賢臣微行，豪傑盜寶。」㊿那種千篇一律的情節。文辭又極其枯拙，毫無一些價值可言。

《永慶升平》一書也是敘述各種公案。有九十七回。是潞河張廣瑞記錄的哈輔源的演說。他的序裏寫著：

「余少遊四海，常聽評詞演《永慶升平》一書，……國初以來，有此實事流傳。咸豐年間，有姜振名先生，乃評談今古之人，嘗演說此書，未能有人刊刻，傳流於世。余長聽民輔源先生演說，熟記在心，閒暇之時，錄成四卷。……」⑤①

全書敘述康熙皇帝微服私訪民間各事，除邪教，平巨匪等種種案件。

其他像《萬年春》、《英雄大公義》、《英雄小公義》、《七劍十三俠》、《七劍十八俠》、《劉公案》（劉墉事）、《李公案》（李秉墉事）；《續施公案》、《續彭公案》、《續七俠五義》，「都是這一流的名臣斷案，俠客鋤奸的小說。這種傳奇的小說，在社會上的影響是很不好的。往往使愚民傾仰空想的英雄；而忘了實際的社會的情況。」⑤②而且所敘的事節都是千篇如一，毫沒新的意思。甚且一個人的個性，都前後地變得不同了，真矛盾得不堪。所以這一類小說都無甚可取。

自從中國敗於庚子後，人民已漸覺悟滿清政府已不足與圖治國，於是常在小說裏「揭發伏藏，顯其弊惡，而於時政，嚴加糾彈。」⑤③它的寫法是「一段一段的短篇小品連綴起來的；折開來，每段自成一篇；鬥攏來，可長至無窮。」⑤④它這種沒有總結構的小說體確和近代諷刺小說的體裁差不多；但辭氣浮露，毫沒有含蓄的意思，有時更過張其辭，來迎合當時社會的心理，所以和諷刺小說又不同了。魯迅別名之為「譴責小說」，倒很名副其實。為這種體裁的小說而著名的有李伯元和吳沃堯。

李寶嘉，字伯元，號南亭亭長，江蘇武進人。享年四十（一八六七－一九〇六年）。少年時以第一名入學，但其後乃累舉不第，於是到上海來創辦《指南報》、《遊戲報》等；最後乃辦《海上繁華報》，專捧妓伶等人。著有《繁華夢》、《活地獄》、《李蓮英》等。另外有本專意斥責時弊的《文明小史》，分刊於繡像小說裏。「時正庚子，政令倒行，海內失望，多欲索禍患之由，責其罪人以自快，寶嘉亦應商人之托，撰《官場現行記》。」㊺總擬為十一編，每編十二回。但書未成而以瘵發卒，時年祇四十。無子，伶人孫菊仙替他料理身後事，蓋所以酬答李氏之在《繁華報》上捧他也。

《官場現形記》先後共出了六十卷，都是無數不連貫的短篇記事連綴起來的。全書所罵的是官場，敘述官場上簡直沒有一個好官：寫官場上的迎合，鑽營、朦混、羅掘、傾軋，諸如類此的故事。這部書的初集裏有茂苑惜秋生的序，痛論當時官制之弊端：

「官者，輔天子則不足，壓百姓則有餘。……有話其後者，刑罰出之；有誚其旁者拘孿隨之。……於是官之氣愈張，官之焰愈烈。羊狠狼貪之技，他人所不忍出者，而官出之；蠅營狗苟之行，他人所不屑為者，而官為之。……國衰而官強，國貧而官富；孝弟忠信之舊，敗於官之身；禮義廉恥之遺，壞於官之手。而官之所以為人詬病，為人輕褻者，蓋非一朝一夕之故也，其所由來者漸矣。」㊻

這裏不妨節錄一段原文，看看作者深刻的描寫。卷十四寫江山船上的妓女龍珠對周老爺說：

「去年八月裏，江山縣錢太老爺在江頭雇了我們的船，同了太太去上任。聽說這錢老太爺在杭州等缺，等了二十幾年，窮的了不得，連什麼都當了。好容易纔熬到去上任……從杭州動身的時候一家門的行李不上五擔，箱子都很輕的。到了今年八月裏預先寫信叫我們的船來接他回杭州。等到上船那一天，紅皮箱一多就多了五十幾隻，別的還不算。上任的時候，太太戴的是鍍金的簪子；等到走連那少爺的奶媽，一個個都是金耳墜子了！錢老太爺走的那一天，還有人送了他好幾把萬民傘，大家一齊說老爺是清官，不要錢，所以人家才肯送他這些東西。我肚皮裏好笑，老爺不要錢，這些箱子那裏來的呢。……瞞得過我嗎？做官的人，得了錢，自己還要說是清官，同我們吃了這碗飯一定要說是清倌人，豈不是一樣的嗎？」㊿

吳伯元，字妍人，廣東南海人，居佛山，因號我佛山人。享年四十三歲（1867-1910）初作小品撰文，等到梁啟超在日本創辦《新小說》後，李氏乃學做長篇小說。前後凡數種，如《電術奇談》、《九命奇寃》，及《二十年目睹之怪現狀》、《近十年之怪現狀》、《發財秘訣》等。又嘗應商人之托，以三百金為撰《還我靈魂記》以頌其藥，當時很被人士訾議，因而其文亦不傳。

《二十年目睹之怪現狀》，共一百〇八回，以自號「九死一生」者為全書的線索。歷敘二十年中所遇，所見，所聞天地間驚聽或駭人之事節。作者說：「只因我出來應世的二十年中，回頭想來，所遇見的只有三種東西：第一種是蛇蟲鼠蟻；第二種是豺狼虎豹，第三種是魑魅魍魎。」㊽

吳沃堯曾經受過西洋小說的影響，所以他寫的小說也有一些布局，一些組織。《怪現狀》的格式還是散漫的而包含著無數的短篇故事；但並不像那種沒有結構的雜湊小說，全書都給一個「我」連貫了起來，用這個「我」的事節做布局的綱領，於是一切短篇故事部變成了「我」二十年中看見或聽見的怪現狀了。㊾這是吳氏的作品和李氏的《官場現形記》、《文明小史》等所不同的特點。

《二十年目睹之怪現狀》並非吳氏的代表作。他的代表作是《恨海》與《九命奇冤》。這兩部因為作者的描寫和做小說的技術較寫《怪現狀》時豐富得多，因之都成了有布局，有結構的新體小說。《恨海》寫的是婚姻問題；雖敘事很簡單，描寫也不怎麼精刻，但用了兩層的悲劇做下場，在中國的舊小說裏，卻是不可多得的哪！

《九命奇冤》可算是中國近代的一部全德小說。他用百餘年前廣東一件大命案做布局，始終寫此一案，很有精采。書中也寫迷信，也寫官吏貪污，也寫人情險詐；但這些東西，都成了全書的有機部份，全不是勉強拉進來借題罵人的。諷刺小說的短處在於太露，太淺薄；專採罵人材料，不加組織，使人看多了覺得討厭。《九命奇冤》便完全脫去了這惡套；他把諷刺的動機壓下去，做了附屬的材料；然而那些附屬的諷刺的材料，在那個大情節之中使看的人覺得格外真實，格外動人。

「……他用中國諷刺小說的技術來寫家庭與官場，用中國北方強盜小說的技術來寫強盜與強盜的軍師，但他又用西洋偵探小說的布局來做一個總結構。繁文一概削盡，枝葉一齊掃光，只剩這一個大命案的起落因果做了一個中心題目。有了這個統一的結構，又沒有勉強的穿插，……故《九命奇冤》，在技術一方面要算最完備的一部小說了。」㊿

和李、吳同時的有《老殘遊記》的作者劉鶚。劉鶚，字雲鐵，丹徒人。精數學，研究治河的方法；任鄭州的河工，因之在彰德府附近發現了許多有殷墟文字的龜甲獸骨；於是傾其家私，發掘得很多的甲骨。他是研究這種文字最早的一個人。曾印有《鐵雲藏龜》一書。「庚子之亂，鶚以賤值購太倉儲粟於歐人，或云實以振饑困者，全活甚眾；後數年有大臣參『私售倉粟，流新疆死』」㉑

《老殘遊記》中，劉鶚把自己做了主人翁，改姓鐵，名英。全書帶著自傳的性質。寫的風景，事節，也都是他親自所經歷過的玉賢的虐政，剛弼的剛愎自用，描寫得都非常地深刻。他以為貪官可恨，清官尤其可恨：貪官因自知有過不敢公然作惡；清官則自以為不受賄賂，何者不可作？於是無法無天地剛愎自用，誤國殺人，為害匪淺。這點真是他「言人所未嘗言」的事情哪！他寫娼妓的問題，能夠指出這是一個生計的問題，並非一個什麼道德的問題；這種眼光真是了不得的。但是這部書的妙處，還是在描寫技術的超常。把老殘在齊河縣看黃河裏打冰來做個例子：

「抬起頭來，看那南面山上一條白光，映著月色，分外好看。一層一層的山領，卻分辨不清；又有好幾片白雲在那裏面，所以分不出是雲是山。及至定睛看去，方才看出那是雪那是山來，雖然雲是白的，山也是白的，雲有亮光，山也有亮光；只是月在雲上，雲在月下，所以雲的亮光從背後透過來；那山確不然，山的亮光由月光照到山上，被那山上的雪反射過來，所以光是兩樣了。然只稍近的地方如此。那山望望東去，越望越遠，天地也是白的，山也是白的，雲也是白的，就分辨不出來了。」㉒

還有一部重要的作品就是東亞病夫編的《孽海花》。東亞病夫是常熟人，名曾樸的。其書共六十回。「自金洵掄元起，即用為線索，雜敘清季三十年間遺聞逸事；後似欲豫之革命收場而忽中止。……書於洪（名鈞），傅（名彩雲）特多惡謔；並寫當時達官名士模樣，亦極淋漓，而時復張大其詞，如凡譴責小說通病；惟結構工巧，文采斐然，則其所長也；書中人物，幾無不有所影射……而形容時復過度，亦失自然。」⑥③

自從這本小說以後，很多的小說都是醜詆私敵全等於謗書。專門毫無意識地攻擊政治及當代的情形。章回式的小說大衰而漸漸墮落而變成「黑幕小說」

小說界之曙光——林紓的介紹西洋作品影響於小說界不小。雖然他不懂西文，錯誤很多。他自己也說：「急就之章，難保不無舛謬，近有海內知交投書舉鄙人謬誤之處見箴，心甚感之。惟鄙人不審西文，但能筆述，即有錯誤，均出不知。」可是他譯的一百幾十種小說中，代表了英、美、法、俄、挪威、瑞士、比利士、西班牙、日本等許多國度的小說，介紹了莎士比亞（Shakespeaare）地孚（Defoe），史委夫特（Swift）狄更斯（Charles Dickans），歐文（Irving）預果（V, Hugo）大仲馬（Alexander Duma）小仲馬（Alexander Dumas Fils）巴魯薩（Balzac）伊索（Aesop）易卜生（Ibscn）威士（Wiss）西萬提司（Cerventes）托爾斯泰（L.Tolstoy）德富健次郎等名作家,這真是一樁不容易的工作呀！又有蘇曼殊作的《碎簪記》、《斷鴻零雁記》、《焚劍記》、《絳紗記》，剪裁結構描寫，都有異於從前筆記小說的地方。從此章回體漸漸絕跡，小說界大放光明了。

注：

①節錄魯迅：中國小說史略266頁；
②戚本《紅樓夢》第一回；
③節錄鹽谷溫：中國小說概論，君左譯；
④戚本《紅樓夢》第一回；
⑤郎潛紀聞；
⑥蔡孑民：石頭記索隱第1頁；
⑦蔡孑民：石頭記索隱第34頁；
⑧同上　10-22頁；
⑨同上　23-35頁；
⑩同上　25-27頁；
⑪同上　28-42頁；
⑫同上　42-47頁；
⑬同上　47-61頁；
⑭胡適文存二集卷四跋《紅樓夢》考證181頁；
⑮王夢阮：《紅樓夢》索隱；
⑯王夢阮：《紅樓夢》索隱；
⑰心史叢刊三集；
⑱曲園雜夢三十八；
⑲陳康祺：燕中鄉銼錄；
⑳錢靜方：石頭記索隱；

㉑ 胡適《紅樓夢》考證（改訂稿）胡適文存卷三，197-200頁；
㉒ 隨園詩話：二；
㉓ 《紅樓夢》第一回；
㉔ 靜庵文集：《紅樓夢》評論；
㉕ 魯迅：中國小說史略；
㉖ 蔣瑞藻：小說考證七引續閱微草堂筆記；
㉗ 青樓夢第一回；
㉘ 鄭振鐸編文學大綱601頁；
㉙ 胡適文存卷三，245頁；
㉚ 鄭振鐸編文學大綱596頁；
㉛ 《鏡花緣》第四十九回；
㉜ 魯迅：中國小說史略290頁；
㉝ 胡適文存二集卷四142頁；
㉞ 魯迅：中國小說史略290頁；
㉟ 胡適文存二集卷四142頁；
㊱ 同上，168頁；
㊲ 魯迅：中國小說史略296頁；
㊳ 魯迅：中國小說史略314頁；
㊴ 《花月痕》：陶樂勤序；
㊵ 魯迅：中國小說史略290頁；
㊶ 海上花列傳第一回；

㊷ 胡適文存二集卷四168頁；
㊸ 《兒女英雄傳》第一回；
㊹ 魯迅：中國小說史略314頁；
㊺ 同上，315頁；
㊻ 胡適：五十年來中國之文學；申報最近之五十年；
㊼ 魯迅：中國小說史略318頁；
㊽ 鄭振鐸編：文學大綱604頁；
㊾ 魯迅：中國小說史略326頁；
㊿ 魯迅：中國小說史略326頁；
51 永慶升平：張廣瑞序；
52 鄭振鐸編：文學大綱605-606頁；
53 魯迅：中國小說史略329頁；
54 胡適：五十年來中國之文學；
55 魯迅：中國小說史略330頁；
56 胡適：五十年來中國之文學；
57 官場現形記卷十四；
58 二十年來目睹之怪現狀第一回；
59 節錄胡適：五十年來中國之文學；
60 胡適：五十年來中國之文學；
61 節錄羅振玉：五十日夢痕錄；
62 老殘遊記第十二回；

⑥③ 魯迅：中國小說史略342頁；

主要參考書目：

魯迅：中國小說史略
鹽谷溫：中國小說概論（君左譯）
蔡孑民：石頭記索隱
胡適文存：二集三卷四卷
王夢阮：《紅樓夢》索隱
錢靜方；石頭記索隱
鄭振鐸：文學大綱
胡適：五十年來中國之文學

第四講 劇壇之厄運及幸運

陸真如 記

李蔣的戲劇——幾位無名作家的傑構——吳瞿安先生對於戲曲的貢獻——皮黃——話劇的發生及其影響

戲從戈，䖒聲，有武術的意思。劇，疾也，疾相弄也。劉師培謂戲出於頌——「是為頌也者，祭禮之樂章也，非惟用之樂歌、亦且用之樂舞。」王國維則謂戲出於巫，巫為戲劇之最古者。他說：「歌舞之興，其起於巫乎？」以為三代之歌舞，厥惟巫覡。因為他們有化裝和舞法。後來著名的如優孟，簡直很有戲劇的樣兒。到了北齊，演戲已是大規模的了。隋大業五年，娛來朝者於端門外，建國門內築八里之場：召伶人三千演劇。此劇場建築之始。宋人就有了具體的劇本。遼金元時雜劇大盛，至明代更有傳奇，於是戲劇史上就有很燦爛的記載。

現在我們且談乾嘉前後的戲劇能代表此時期之戲曲作家，厥惟李笠翁與蔣士銓二人。蔣士銓字心餘，又字苕生，號清容，江西省鉛山縣人。共著曲十五種：《一片石》、《康衢樂》、《忉利天》、

《長生籙》、《升平瑞》、《空谷香》、《桂林霜》、《四弦秋》、《雪中人》、《香祖樓》、《臨川夢》、《第二碑》、《冬青樹》、《采石磯》、《採樵圖雜劇》，通行的只有九種。曰《藏園九種曲》。其中代表之作，為《四弦秋》一劇。此劇本來根據舊曲《青杉記》，因為「青衫記鄙俚不文。遂填此作。並且凡所徵引，皆出正史，又參以樂天年譜。於是成了這種名曲。其中送客一齣，為全劇最勝處。「折桂令」云：

「住平康十字南街，下馬陵邊，貼翠開門，十三齡：五色衣裁，試舞宜春，掌上飛來。第一所煙衣錦寨，第一面風月牙牌！颭雅鬟紫燕橫釵，蹴羅裙金縷兜鞋；這朵雲不借風行，這枝花不倩人栽！」

生動流麗，傳誦萬口，關於全劇之優點，可分六點。一，《四弦秋》極忠於本事，二，《四弦秋》可將本事中最小之一點，發揮成美麗的片段。如《琵琶行》中有「血色羅裙翻酒污」句，而蔣氏衍之成：「你看這一點半點暈痕原有；天長地久，鸞交鳳友，但只願洗不淡的濃情沁奴心都似酒。」一段妙文。三，《四弦秋》解釋事實，極為滿意；如琵琶妓在南何以明悉北方的事情，以及白居易何以貶謫的疑問，《四弦秋》皆補貼平勻，蔣氏能在《四弦秋》中將他的詩才自發奇葩。其佳句如「恨採茶人掐斷春芽，把一縷茶煙吹折；待要消人渴吻熱，轉丟卻自已風生兩腋。」到處皆是。五，《四弦秋》描寫活現，如第一齣中的吳名世欲去又留之一種。猶豫光景，及一言束裝一種堅決光景，皆躍躍活現紙上。

六，《四弦秋》之最大妙點在其美妙結構，其最精彩處尤在最末一齣，白居易與琵琶妓之一問一答，一聲高似一聲，逼出一場情緒大發洩出來，真可謂靈心聲慧舌了。

（越調引子）

（副淨艄婆搖船小旦上）

〔霜天曉角〕空船自守。別恨年年有。最苦寒江似酒。將人醉過深秋。

（副淨下）

（小旦）〔西江月〕昔住蝦蟆陵下。今居舴艋舟中。伯勞飛燕影西東。做了隨鴉彩鳳。洗卻剩脂零粉。禁持細雨斜風。春情已逐曉雲空。但與蘆花同夢。奴家花退紅，自送吳郎往浮梁買茶去後。音信杳然。叫奴家寂守孤舟。依棲江上。韶光過眼。秋氣感人。回憶少年情事好生教人迷悶也呵。

〔小桃紅〕曾記得一江春水向東流，忽忽的傷春後也。吾去來江邊，怎比他閨中少婦不知愁。纔眼底又在心頭，捱不過夜潮生，暮帆收，雁飛來。趁著蛩聲逗也。靠牙檣數遍更籌。難道是吾教他。教他去封侯。

（伏几睡介）

（老旦上）以因成夢，因盡則醒。一切起滅，皆幻泡影。退姐，起來！

（小旦）呀！你是吾的姨娘，多年不見，從何處來？

（老旦）因你出京後，吾等門戶中十分減色。長安豪富子弟，如楊崇義、郭萬金、劉逸、衛曠等，一個個思想你的琵琶，都來到吾家，問你下落。
（小旦）哎喲，京中彈琵琶的儘多，何必念著女兒來！
（老旦）只為你
〔下山虎〕半肩舞袖。一串歌喉，紅粉人非舊。銀箏自搊。但弄著鵾弦讓伊好手。
（小旦）那康崑崙、鄭中丞、段師、楊姑，各家的弟子如何了。
（老旦）都相繼散亡。零落殆盡矣。
（小旦淚介）時移物換。不但文人學士，逐漸凋零可歎也，便風月煙花一例休。
（老旦）二等人隨處有。一等人難與求，百事皆將就。甚人害羞，數不盡重抱琵琶過別舟哪，你那些舊日朋友都來了。吾去備酒來。
（下）（末）（淨生副淨扮豪家從人捧金帛上）
〔五韻美〕戲芳叢，拋紅豆，黃金論笏珠論斗。把愛錢人買得笑歪口，來此是花退娘家，不免進去。
（小旦）呀。列位官人何處來。
（末）吾們訪了幾時，方知你移居在此。今日各帶薄禮相送，要與你歡聚片時。
（小旦）多謝了！姨娘取酒來。
（老旦送酒上）列位官人請坐。

（淨）小廝們！將禮物交與媽媽。
（老旦）哎呀呀，好東西呀。收下
（生）退娘。吾們今日呵。尋花問柳。要聽你琵琶新奏。
（副淨）退娘。可還記得吾的姓名麼。
（小旦笑介）怎麼不記得。呃。是這個。
（淨）呃是這個。
（大笑介）兄也太癡了，你為的是這個，他為的是那個，幾曾見天下為這個那個的人，豈有記得姓名之理。不過是鑽時送賣處收。君不見到酒散歌闌，大家撒手。
（末）休得瑣碎，吾們坐了罷。
（小旦送酒介）
〔五般宜〕當日個，試花驄。伴君冶遊。今日個，擎玉盞，勸君款留。
（生）退娘，琵琶哩。
（小旦）且快飲一回，少停請教，還只怕彈出半林秋。
（副淨翻酒介）
（淨）呀。打汙了退娘鮮紅裙子哩。
（小旦）不妨。你看這一點半點暈痕原有，天長地久，鸞交鳳友。但只願洗不淡的濃情，沁奴心都似酒。

（內金鼓喊殺聲眾驚散下雜扮兵將合戰下）
（丑扮兵執藤牌趕上回身見旦立住猛叫一聲姐急下）
（小旦呆介）呀！那是吾的兄弟，他竟去了。
〔山麻稭〕看戰馬風雲驟，他為甚帶劍飛行，行不肯停留。想是主帥利害，不許片刻遲誤。咳呀！夫，天那！休休，他生來不像能長壽，可憐爺娘養吾兩個在世上，幹些甚的事來分做了塵沙鬼魅，干戈魂魄，粉黛骷髏。
（外末錦衣花帽白鬚同上）女學生。不要哭了。
（小旦）原來是曹師父。一向康健麼。
（外末）好。你可好麼。
（小旦）師父聽啟。
〔黑麻令〕拋撇下青樓翠樓，便飄零江州外州，訴不盡新愁舊愁，做了個半老佳人，廝守定蘆州荻州。
（外末）耐煩些兒罷。
（小旦）二位師父。在何處過活。
（末）吾們依舊在梨園承值。
（外）因紀念你，所以同來看看，不料你也憔悴了。
（小旦）多謝師父！

（悲介）渾不是花柔柳柔，結果在漁舟釣舟，剩當時一面琵琶，斷送了紅妝白頭。

（內敲鑼五更外末下）

（小旦仍坐作醒介）呀，原來是一場大夢！

（江神子）吾道是低迷燕子樓，卻依然身落扁舟，這都是吾心中思想結成的喲。為此枕邊現出根由。

（內吹角介）聽孤城畫角咽江流，問誰向夢兒中最久呀，這怕兒上，淚痕早則如許也。

〔尾聲〕少年情事堪尋究，淚珠兒把闌干紅透。咳，不知他那幾擔的新茶可曾賣去否？

李笠翁的戲曲，我們曉得十種曲是很流行的。其價值在其能注意實地舞臺排演，並能以規律繁復之詩體使人人聆會，這也不是容易事。至於笠翁所以能在舞臺上收絕大功效者，有幾個緣故。

一、情節新奇——別人寫《鳳求凰》，笠翁編寫《凰求鳳》，他曲中的結局不外生旦團圓；而笠翁《奈何天》中偏是丑旦和合。別的戲便是戲，無甚曲折，而笠翁《比目魚》偏以戲作戲，且戲中有戲。

二、結構緊湊——笠翁戲曲布局無不佳妙；尤以《凰求鳳》一曲結構最佳。

三、排場熱鬧——《蜃中樓》之「結蜃」一幕，能用新奇之佈景，使觀眾目炫，並每篇皆以武行上場，兼有以獅子、象、老虎、海物、鬼怪等等事物上臺，熱鬧非常，無怪觀眾之熱烈的歡迎他。

四、詼諧洋溢——笠翁戲曲中非特本本充滿可笑的角色，且能創制種種令人發噱的境地，此乃天才喜劇家獨有之稟賦，非平庸的東西所能望及。

把蔣李比較起來，有人說：蔣氏之曲有曲而無戲，李氏之曲有戲而無曲。蔣氏戲曲道白簡雅，是好「文」。李氏戲曲道白精警，是好「戲」。蔣氏之上場詩，在風趣上下筆。是好「詩」，笠翁之下場詩，在字眼上著想，是好「戲文」。總之，蔣曲係文字上的戲，李曲乃「伶工」的戲，清代戲曲批評家多尊蔣而抑李，然以目今舞臺藝術看來，李卻勝蔣多多了。蔣李之外，餘子如鄭嘯嵐、楊潮觀、徐鄂皆聲蜚一時。

鄭嘯嵐，陝西人，晚學齋曲也頗有聲名。如《雁鳴霜》劇記賀雙卿事，寫才德雙全的女子，很有些動人。

（丑肩鋤上）

〔懶畫眉〕一字眉兒畫成團。提起筆來難又難。扁擔樣直不能彎。

吾周全娶了那賀雙卿。生怕他嫌吾不識字。誰料事事小心。毫無傲氣。吾看他這樣光景；就膽大了。平日聽他念書也記得兩句。就問他道。你這文質彬彬。倒不嫌吾其愚不可及也。他說的好。天下最可厭的。是半通不通的人。慣念皺文嚼字。像你目不識丁。倒是本色。你這其愚不可及也。一句書。用的不錯。吾聽了這幾句話。就如秀才得了舉人報怎不高興。只是一件。身弱多病。做事又不肯力。非但婆婆時常咕嚨。連吾有點不耐煩了。婆娘雖好。就是那金蓮可惜三寸短。下不得田來。上不的山。（下）

（旦病容包頭攜榼裝飯菜上）

〔浣溪紗〕（本詞）暖雨無晴漏幾絲，牧童斜插嫩花枝，小田新麥上場時。汲水種瓜偏怒旱。忍煙炊黍又嫌遲。日長酸透軟腰支。吾雙卿賦質脆弱。好端端又病起瘧了。今日丈夫。往田間芟薙麥草。要送午飯。腰酸腳軟。叫吾怎走得動喲。（坐地介）

〔前腔〕子午潮生迭迴環。戰戰競競熱又寒。鎮日價淚珠滴碎嫩心肝（起行介）送飯是遲不得的。只好掙扎起來。怕饑腸轆轆如輪轉。餓了吾田舍郎君心更酸（下）

（丑肩鋤上）吾草都薅完了。這婆娘的飯。還不送到。餓的吾發昏。實在可惱。

（旦上）呵。官人怎麼走轉來。

（丑怒容揮鋤）（旦跌走摩足介）呵喲。痛煞吾也。

（丑）吾餓的發昏。你還在這裏文縐縐。漫騰騰的。

〔前腔〕說甚溫柔鄉中寬。這鋤頭卻比你獅吼河東杖更蠻。要把那詩云子曰草同芟。不把你個利害。還說吾夫綱不整。怕老婆呢。

（旦）不是奴家怠惰。實因瘧病耽延，

（丑）什麼要緊。吾前次打了三年充軍擺子。不是一樣作田種地。只要多吃幾碗飯。吞他幾塊肉。自然就好了。

（丑飯畢）（旦起收介）

（丑）你收了去。吾到後山田地。看看就回。（肩鋤下）

（旦行介）這也難怪他動氣。只是這瘧鬼幾時才能脫體喲。子章髑髏血痕濺。且把那老杜靈符幾一番（下）

楊潮觀，無錫人，字笠湖，以名進士宦蜀。就文君妝樓故址，築吟風閣，更作劇慶落成。共成三十二折，每折一事，而副末開場。如《錢神廟》之豪邁，《快活山》之恬退，《黃石婆》《西塞山》之別出機杼，皆非尋常傳奇所及。而最著者惟《罷宴》一折；記寇萊公事。詞如滿庭芳云：「想當初辛勤教養，他挑燈伴讀，落葉寒窗；那有餘輝東壁分光亮，單仗若十指縫裳。繼油膏叫你讀書朗朗，拈針線見他珠淚雙雙，真悽愴！到如今，怎金蓮銀炬，照不見你憔悴老萱堂。」朝天子云：「撫孤兒暗傷，代先人義方，為延師盡把釵梳當，只要你成名不負十年窗，倚定門閭望。怎知他獨自支當，背地糟糠，要你男兒志四方，又怕你在那廂我在這廂，眼巴巴到你學成一舉登金榜。」此二支描寫慈母愛兒的情形真叫人讀了盪氣迴腸。〈偷桃捉住東方朔〉一劇，充滿了無限的幽默。誠為不可多見的作品，我們看：

（旦）外面什麼喧？

（老旦）就是拿住偷桃的賊，撒賴哩。

（旦）帶上來！

（丑捧桃雜扮熊虎二將擒上）偷桃的人贓現獲。（雜下）

（丑）在他們下過，怎敢不低頭，東方朔見駕。

（旦）你怎敢到吾仙園偷菓！

（丑）從來說：偷花不為賊，花果事同一例。

（旦）這廝是個慣賊。快拿下去。鞭殺了罷。

（丑）原來王母娘娘，這般小器，倒像個富家婆！人家吃你個果兒，也捨不得。直甚生氣！且問這桃兒。有甚好處？

（旦）吾這蟠桃。非同小可。吃了是髮白變黑。反老還童。長生不死。

（丑）果然如此。吾已吃了二次。吾就儘著你打。也打吾不死。若打得死時。這蟠桃又要吃他做甚，不知打吾為甚來。

（旦）打你偷盜。

（丑）若講偷盜，就是你做神仙的慣會偷。世界人那一個沒有職事。偏你神仙避世偷用。避事偷懶。圖快活偷安。要性命偷生。不得說得。還有仙女們。在人間偷情莽漢。就是得道的。也是盜日月之精華。竊乾坤之秘奥。你神仙那一樣不是偷來的。還嘴巴說打吾的偷盜。吾倒勸娘娘。不要小器。你們神仙。吃了蟠桃也長生。不吃蟠桃也長生。只管吃他做甚。不如將這一園的桃兒盡行施捨凡間，教大千世界的人。都得長生不老。豈不是個大慈悲大方便哩。

（前腔）笑仙真太無厭。果然食來便永年。何得伊家獨享。不如謝卻羣仙。罷了蟠桃宴。暫時破慳結世緣。與吾廣開園。做個大方便。

（旦）你倒說得大方

（丑）只是吾還不信哩。你說吃了髮白變黑。返老還童。只看八洞神仙，在瑤池會上。不知吃了幾遍。為何李岳仍然拐腿。壽星依舊白頭。可不是搗鬼哩。哄人哩。

（旦）既如此。你為何又要來偷他。

（丑）吾是口渴得很。隨手摘兩個來解解渴。說什麼偷不偷。

（旦）這頑皮。倒有幾分見地。吾與你實說罷。你聽吾道，大道無為。至人無欲。人為萬物之靈。豈反乞靈於草木。一切寶海珍山。都從空中變現。蟠桃本非樹。瑤島舊無林。若問真種子。還在自家心。

（丑稽首介）多謝娘娘。點化了也。與你一齊放下。

徐鄂，嘉定人。著曲有《梨花雪》、《白頭新》兩種，詞藻頗學心餘，而八股氣太重。《梨花雪》述一女子為髮匪所擄，卒能全貞殺賊。《白頭新》述未婚夫婦，因亂離散，五十年後卒能相逢。白頭夫婦結褵。皆寫洪楊時代的事情。這時戲劇已衰落，不過大江南北，還可以聽到崑腔。惜乎漸漸譜學絕滅，有新曲不能搬演了。間或有創作，如梁任公的《劫灰夢》、《新羅馬》等，非乖音律，即無排場，甚至張冠李戴，以旦托生，戲劇雖不亡，實際已亡了。

所幸有吳瞿安先生，開闢了戲劇的命運。吳先生名梅，號霜厓從小有志治曲學，常曰：「詩文詞曲，余謂詩文困難，古今名集至多，且論文論詩諸作，指示極精。惟詞曲最難從入，而曲為尤難。何者？詞為南唐兩宋名家著述，易於購取。學者有志尚可深索。曲則自元以還關馬鄭白之作，不可全見。

吳興百種而外，存者不多，有明一代名世者，不過王子一、阮圓海二十三人；而其所作，已在有無之間。且填詞賓白之法，素乏專書，詞隱之《南詞譜》、玄玉之《北詞譜》，不易得，所依據者，不過《西廂》、《琵琶》數種而已。遂取古今雜劇傳奇，博覽而詳覆之。合度譜製演為一手，其曲文，其賓白，其排場，其聲音幾乎前無古人，誠如王文濡謂其「傲文長而壓清容」了。平生從事藏曲，南北遨遊，手自搜羅者垂二十年。蓋以朋好所貽，弟子所錄，凡六百餘種。自為戲曲有四曰：《霜厓四劇》。一曰《湘真閣》、二曰《無價寶》、三曰，《西台慟哭記》、四曰《惆悵爨》。《惆悵爨》子目又有四類：一云香山老出放楊柳伎，一云湖州守乾作風月司，一云高子勉題情圍香曲，一云陸務觀寄怨釵鳳詞。錢子泉說他：「模寫物態，雕繪人事，濡染既廣：吐屬自俊。」這是很的當的。現在取湘真閣末齣「壓驚」全文，讓我們玩賞一下。這支戲，《新樂府》已演過好幾次的。這五十年來，新曲上場，只有《湘真閣》罷了。

（吹打住）（打四更）（場上設酒席）（生旦末老生依次上入席坐介）（生）二兄、你要罰我酒、酒也來了、要十娘來陪、他也來陪了、但二兄自己、罰些甚麼、（末老生）各罰三杯酒罷了。（生）只怕沒有這等便宜、（旦）二位相公呵，

「宜春令」你真無賴，忒弄奇，嚇得人魂銷魄飛。你們都是讀書君子噓，辱沒煞金張門第，妙才華公子千金體。（生）如今也有一法，明日裏也教你作個東道，還答小弟，好圓場一局和棋，好收場一團和氣。（末、老生）還有麼、（旦）有，還要你，生花妙筆。做一首板橋遊記。（末）

既要陪酒，又要陪文，兄太便宜了。如今也有一法，倒要勞動十娘。（旦）甚麼用著奴家？

（末）只要你緩歌一曲，侑我一觴。（旦）使得。

〔前腔〕春痕黯，秋影微，背銀釭梨雲夢迷。微涼天氣，龍鬚八尺璃紋細。軟纏綿弱雨輕飛，瘦伶仃頑雲扶起。這裏，這裡曉寒風緊，問冶魂醒未？

（末、老生）妙妙這是他的供狀了。且浮一大白。（生）這等，明日一篇文字，再也不得賴去了。（末、老生）曖。

〔三學士〕怕老去江郎才盡矣，瘦詞華唐突吳姬。只單敘了今夜的事罷，俺瞞神嚇鬼喬模樣，急的你蕩地驚天沒轉移。這就是一段煙花真妙諦，只有一事得罪你了。（生）是甚麼？（末、老生）這半夜兒工夫，畢竟是耽誤你。

（五更）（末、老生）弟輩醉矣、就此告辭、（生）時已五鼓，就在此間草榻罷。（末、老生）這等又是惡作劇了。（各笑介）（合唱）

〔尾聲〕舊朝逸事重提起，問金粉南都餘幾，俺且詠一個逝水繁華的吊古題。（同下）

其次我談到皮黃，皮黃就是西皮，和二黃。二黃在當初不過是一種牧歌式的歌唱。換一句話說：就是平民的野生藝術。幾經進步，才變成現在的形式。最初盛行，確在湖北，從湖北而傳到湖南，廣西，廣東。又流到安徽，總名之曰，湖廣調。許多老伶工，都承認二黃是從湖北傳去的，不過從二黃戲腔調的組織上細細研究，雖說是產生在湖北，卻毫無所本。有人說二黃本於徽調的高撥子，西皮本於秦腔，因為高撥子只有二黃弦，沒有西皮弦，秦腔只有西皮弦，沒有二黃弦。湖廣調在最初產生的時候，想來沒有二黃西皮之別，以後受了徽調同秦調腔的影響，才發生變化的。

西皮也出於吹腔，受了秦腔的影響，便成了現今的形式。快板慢板搖板都與秦腔結構一樣，行腔也很相似。只有韻音不同罷了。但是南梆子與西皮產生，孰先孰後？不得而知。

皮黃戲的取材大半出於歷史小說，有的是創作的，有的是從崑腔或是秦腔戲改作的。還有脫胎於元曲的。所以它的思想不免是因襲的，不過看它的剪裁與編制，也多有別見會心之處。從前有很多人說舊戲演的都是淫殺的事，這卻不然！固然二黃戲有些無意識的，也有些原本尚佳而給俗伶作壞的。不過總括起來，都是懲惡勸善的事迹。如《孝感天》、《天雷報》、《生死板》、《桑園寄子》，是勸孝的。《祭江》、《孟姜女》、《三娘教子》，等是講貞節的。《黃金台》、《取滎陽》、徐安篤》，等是講義烈的，《澠池會》、《將相和》之類是講愛國的。《罵閻羅》、《八大錘》、《黨人碑》之類，是義憤的。至如《擋幽王》、《博浪椎》、《打龍袍》，諸戲已經很有革命的意味。

崑曲可謂極溫文幽雅之致；且一劇有一劇的腔調，譜上的工尺即要合四聲，又要符劇中的意思。如《刺虎》之悲憤，《遊園》、《驚夢》之纏綿悱惻。《彈詞》、《八陽》之悲涼慷慨，《山門》之豪壯，《折柳》、《陽關》之旖旎淒切，都不是隨便的。這比皮黃實在要高明得多。只因他有幾種地方，不如皮黃，所以受了侵佔。

（一）崑曲的詞句已經不通俗，而一字與一字之間，小腔太多，格外不容易聽得懂，皮黃則比較通俗，而行腔多在每句之後，比較容易懂。

（二）崑曲聲音低，只宜於小舞臺，不能普及大眾，皮黃所唱聲音大得多，望較遠，也可聽見，

（三）昆腔的腔調變化細微，往往兩支曲子完全不同。不注意聽去，好像完全一樣；皮黃的腔調變化較為顯著。容易引起注意。

（四）崑曲本以溫和優雅見長，但是過於溫和，則易使人沉悶。要在崑曲中尋出熱鬧爽快的場子頗不容易，譬如：《驚變》中玄宗聽見安祿山造了反，還只管大段大段的唱，皮黃便不是這樣辦法，又如《思凡》、《夜奔》這種獨腳戲，在皮黃中很少的。

（五）皮黃因為腔調較崑曲簡單，易於學習，流傳較易。就以上所說看來，崑曲之所以衰微，二黃之所以勃興大概可以推想了。

在民國初年，一般日本留學生，在日本發起組織演話劇的團體，全部情節卻用對白來表觀。曾在日本公演過，名春柳社。後來風行中國，叫做文明戲。起初取材不外乎西洋劇的譯本。如《血手印》、《茶花女》，……等。之後文明戲的風行漸盛，取材漸濫，一般戲園台主，祇求賣座，對於戲劇的本身，早已無心去管。以致日趨粗俗，甚至不用腳本，任一般伶人上臺胡鬧一番。結果原意改革民間風俗和思想的話劇，反變為迎合社會流俗的心理去了。

最近才有熊佛西、田漢、洪深、歐陽予倩等出來提倡新的戲劇運動，對於戲劇的藝術上應當有著很大的貢獻。他們的取材表情比較新穎些。他們的好處是：

（一）能描寫內心的生活。

（二）現代為對象。

（三）在對話中富有詩意。

他們果然是不跟流俗走的，他們的目的當然是在創造新的境界。他們的信條是和民眾接近，可惜他們在創造的熱忱中忘掉了中國民眾智識的程度，譬如他們劇本中的：

「呵！我的安琪兒啊！」

「威尼斯城中的Condola呀！」

恐怕在中國四萬萬民眾中至少有三萬萬幾千萬人不能懂得罷！希望他們對於這一點能得好好的注意，改革。要曉得祇要戲劇本身含著提高民眾思想的質地，言語粗俗些倒是無關緊要的。

歲暮天寒，我的演講在此就結束了。

講者：盧冀野

根據：上海會文堂新記書局一九三〇年五月版

散曲史

第一、「散曲」散曲史發端

曲之名古矣。

近世所謂曲者，乃金元之北曲，及後復溢為南曲者也（劉熙載語）。王世貞以為：詞之變，自金元入中國。所用胡樂嘈雜、淒緊、緩急之間，詞不能按。乃更為新聲以媚之（說見《藝苑卮言》），是曲之始。其所以名，初與詞相對待。自文章而言，謂之詞。自聲樂而言，謂之曲。曲既成體，並有文章。且以曲達情事見勝，則曲之所以為曲可念也。或稱之為詞餘者，曲故非詞體之所能盡，不得不別立於詞之外。豈拾詞之墜緒之意？不可不辨焉！顧近今言曲，尋常止知沿曲之流盡。曲之變厥，有戲曲。不知溯曲之源，探曲之本。端在散曲偶有知者，目為餘事妄矣。大概別之，此詩歌之曲，彼戲劇之曲，迥不相侔。嘗以散曲例之於詩一首。小令猶一首絕句、律詩也。例之於詞一首。小令亦猶一首短調、中調之詞也。作者緣調填詞既定，一首倘意有未盡，則同調不妨連拈二三首四五首，乃至七八首，隨意增附。明人謂之重頭，或不願取同調為重頭者，則竟選宮調成套數。其格局長短，仍可聽人取捨，絕無一定。要不過與詩中之聯章，詞中三四疊之長調，相當而已（任二北語）。用見散曲承詩詞，而後為韻文之正宗。

散曲二字，舊無定稱。或謂成文章者曰樂府，有尾聲名套數，時行小令喚葉兒（說詳元《燕南芝庵論曲》中）。而市井所唱小曲，亦可名為小令（王驥德曲律說）。或又謂「散曲」為「清曲」（張旭初、吳騷合編〈凡例〉曰：《南詞韻選》及《遴奇振雅》諸俗刻所載清曲，大略雷同）。曰樂府者，原歌詩之通名。以論曲子意，其為雅樂之辭，曾經藻飾。與流諸市井所有俚歌，絕不相近。云：清曲者，以其清唱坐冷板凳。（魏良輔《曲律》：清唱，俗語謂之冷板凳，不比戲場，借鑼鼓之勢。全要閒雅、整肅、清俊、溫潤。）無打身段下金鑼之苦也。（李斗《揚州畫舫錄》：清唱以笙笛、鼓板、三弦為場面。又，清唱鼓板與戲曲異：戲曲緊，清曲緩。戲曲以打身段下金鑼為難，清唱無是苦，而有生熟口之別。）最其要義，不以鑼鼓排場合用。清唱之法，不以科白聯貫，遂得散曲之名，固大有別於戲曲者也。

小令、套數實為散曲之二體。小令與套數，於短長、單複尾聲有無之間，並不足以識別。而令曲首各一韻，套曲套守一韻，分畫最顯，無煩申說。大抵小令有二類：直寫胸臆，不演故事者；紀述本末，而演故事者。不演故事者，又可畫為五種：一、尋常之小令：體制最簡，與詩詞埒。惟此一首之中，一韻到底，無換韻之便耳（曲之換頭，可以自立，不在此例）。二、摘調：摘套曲之調，而為小令也。亦，猶詞中摘大曲之遍，而為慢詞；《作詞十法》第四，於「用字」條中，嘗及之。三、過帶曲：於北曲甚盛。所謂過帶一調，未盡所欲言，續拈他調，以承之。然二調之音節，必能銜接始可。使二調不足，得用三調。三調以上者，元人無此也。其後，南曲、南北合套內，偶爾仿效之。明康浒東復有過帶四調之例，未可取法。四、集曲：於南曲甚盛。如詞之有犯與攤破、過帶曲，以整調聯續。此則取各調零句，聯續復為之，易一新名。有以所集調數名者，如九迴腸、巫山十二峰，等。是有據所集原調名者，如：醉羅歌、羅江怨等。是多者，若三十腔，集三十調中句。五、重頭：「重頭歌韻響琤琮」，晏殊詞句也。《中山詩話》亦云：重頭、入破，皆弦管家語用。見此名，夙有於《曲則》。徐渭編：《楊升庵夫人詞曲》始標此目。重者，以相同之調重複至再。喬吉西湖〔梧葉兒〕百首之多。南曲次韻李開先、王九思〔傍妝台〕亦各百闋。在南曲中，兩調四調之重頭，同韻一韻便可成套。是重頭者，介乎令套之間焉。演故事者，亦可劃為二種：一、同調重頭，重頭自必同調。其所以稱示，異於間列也。小令之演故事，猶詩之有長慶，非如戲劇之用代言，復以動作顯見也。《雍熙樂府》有「摘翠百詠小春秋」足以為例。「小春秋」者，謂《西廂》也。用〔小桃紅〕一百首，每首各一韻，敘一事。

曰：生離洛陽，生至蒲東，生遊普救，生遇紅娘，生見鶯鶯，生私扣紅，紅娘答生，鶯自嗟歎，生步月吟，鶯和生詩，生看修齋，軍圍普救生，自悲歎，夫人許親，張生答允，張生致書惠明，發怒惠明，送書杜，確得書，確追飛虎，生謝杜確，白馬回營，夫人背盟，鶯鶯遞酒，生怨夫人，生回書舍，紅獻生策，張生彈琴，鶯鶯聽琴，鶯鶯染病，紅教生柬，生央遞柬，紅遞與鶯鶯，得生書，鶯遺生書，生赴鶯約，鶯鶯搶生，張生羞退，張生自歎，張生自縊，僧勸張生，生答法聰，夫人問生，生答夫人，鶯探生病，生答鶯鶯，鶯柬期生，紅娘不允，紅遞生柬，生得鶯書，生盼鶯鶯，紅送鋪陳，鶯至書齋，雨雲歡會，雲雨初歇，紅促鶯歸，生送鶯歸，紅貼鶯歸，事聞夫人，紅行鶯囑，夫人詰紅，紅娘受責，紅答夫人，鶯鶯自念，紅勸夫人，夫人允諾，紅娘邀生，生答紅娘，紅娘邀鶯，鶯羞不行，夫人責鶯，夫人囑生，紅怨鶯生，鶯生謝紅，夫人送生，生答夫人，法本送生，生答法本，鶯鶯送生，生答鶯鶯，生投旅館，生夢鶯鶯，生至長安，張生入試，張生及第，生授學士，鶯想張生，鶯鶯自念，生寄鶯書，鶯得生書，鶯寄生衣，生得鶯衣，鄭恒求配，夫人答恒，生出長安，張生至家，生拜夫人，確拜夫人，鄭恒觸樹，生鶯赴任。

以詞紀言，以題紀事。井然有條，自成一格。二異調間列，亦小令之別體。鍾嗣成所謂：王日華有〈與朱士凱題雙漸小青問答〉，人多稱賞者（見《錄鬼簿》），其例也。明鈔本《樂府群玉》中，〈風月〉所舉問。《汝陽記》自「黃肇退狀」，至「議擬」共十六首。一問一答，情節畢陳。其調名、題目，與所叶之韻為：

慶東原　黃肇退狀（天田）　天香引　問蘇卿（庚亭）　答（真文）
鳳引雛　再問（庚亭）　蘇卿（庚亭）　答（天田）　凌波仙　駁（天田）　招（天田）
天香引　問馮魁（江陽）　凌波仙　答（蕭豪）
天香引　問雙漸（江陽）　凌波仙　答（庚亭）
天香引　問黃肇（姑模）　凌波仙　答（家麻）
天香引　問蘇媽媽（天田）　凌波仙　答（蕭豪）　議擬（庚亭）

觀其體制，排列錯綜，既非套數，亦與尋常小令迴別也。

套數就性質言有二類：或南或北，自成套數者，南北合而成套數者。就法式言，亦有二類：有尾聲者，無尾聲者。套數之成也，厥有三端：一、至少二首同宮調之曲相聯。宮調或異，亦必管色相同，互借入套（惟北曲有專用於小令之調，如李玄丞《北詞廣正譜》各卷目錄後所列舉者。不可成套南曲，如〔仙呂中〕、〔美中美〕等，越調中〔包子令〕等，特殊者亦例外。）二、有尾聲，以示此套之樂已闋；三、全套首尾同叶一韻。至於南北合套，創自沈和，由來已久。以北曲每套祗可一人獨唱，殊不便於歌者，況南北聲音有所偏合，二者以調和，遂得中和之美。按《九宮大成譜》，仙呂以下十一宮調，各舉合套二式仙呂入雙調中，有十二套之多。許書（許之衡《曲律易知》）列七式（通行者有四，詳本書第五。）考其常情，率一北一南，或一南一北，相間不亂。亦有一北後繼二南，又繼三北。亦有一南後繼二北，又繼二南、又繼四北。凡此成例，知各調所以相連，其音律必諧美而應適也。套數之無尾聲者，雖不多見，間亦有之。推論其故，有三：所用之調為特製者（如《貨郎擔》雜劇，南呂一套〔一枝花〕後，用九轉貨郎兒。九轉既完，樂遂闋，不用尾。因九轉貨郎兒之曲，即特製者也），此其一。用過帶曲作結者（如，喬吉南呂雜情一套，一枝花梁州之後，用罵玉郎、感皇恩、採茶歌，則不用尾），此其二。所用末一調可以代尾者，（如商調套曲，以浪來里結雙調套曲，以清江引結者，均不用尾），此其三。類指北曲而言也。南曲以重頭成套者，其重頭之數為二、為四、為六。皆成雙曲中之可以疊用為套。有四十六調（仙呂五、羽調一、正宮三、大石一、中呂七、南呂五、黃鐘二、越調四、商調四、雙調九、仙呂入雙調五。）俱不必以加尾聲為則。重頭成套無尾聲之說，沈璟《南曲譜》已言之（其言曰：一個牌名做二曲或四曲、六曲、八曲，及兩個牌名各止一二曲者，俱不用尾聲）。蓋用一調，或諸調重頭，以組成一套。無論引子、尾聲皆可取。便此又南曲之異也。

朱權列樂府十五體（見《太和正音譜》。）並見曲境之廣闊：曰黃冠體，神遊廣漠，寄情太虛，有餐霞服日之思，名曰道情；曰承安體，華觀偉麗，過於佚樂，承安金章宗正朔；曰玉堂體，公平正大；曰草堂體，志在泉石；曰楚江體，屈抑不伸，攄衷許志；曰香奩體，裙裾脂粉；曰騷人體，嘲譏戲謔；曰俳優體，詭喻淫虐，即淫詞餘，則可以探曲之流派；曰丹丘體，豪放不羈；曰宗匠體，詞林老作之詞；曰盛元體，快然有雍熙之治，字句皆無忌憚；曰江東體，端謹嚴密；曰西江體，文采煥然，風流儒雅；曰東吳體，清麗華巧，浮而且豔；曰淮南體，氣勁趣高。陳所聞據其說編訂《南北宮詞紀》，於「北紀」立門類八：讌賞、祝賀、棲逸（兼歸田）、送別、旅懷（附悼亡）、詠物、宮室、閨情。於「南紀」立門類十三：美麗、閨怨、讌賞、祝賀、題贈、寄慰、送別、旅懷、傷逝、隱逸、遊覽、詠物、嘲笑。十五體，固可以概之而有餘矣。

孫麟趾曰：牛鬼蛇神，詩中不忌，詞則大忌。其實於曲，始能不忌，亦大不忌。胡侍謂：關、馬、喬、張輩，皆終其身。沈抑下僚，鬱鬱不得志者。激而憤也，放而玩世。於是喜笑怒罵，嘲譏戲謔，悉以曲出之。故，王驥德列巧體於俳諧之外（見《曲律》）其體凡二十有五，關乎韻者二：每句兩韻，或每兩字一韻，元之所稱，六字三韻語者，為短柱體；通篇叶同一字，韻者為獨木橋體。關乎字者五：每句除韻腳，都用疊韻字者，為疊韻體；每句首一字，與末一字同韻者，為犯韻體；次句首一字，即用前句末一字，俗所稱聯珠格者，為頂真體；通篇用疊字者，為疊字體；嵌五行，或數目每句分嵌一字者，為嵌字體。關乎句者三：每句字面顛倒重複，反覆言之者，為反覆體；如詩或詞中之迴文者，為迴文體；一篇以內多同樣口氣之句者，為重句體；關乎聯章者，一次章首句，即用前章之末句（往往四首），重頭。如詩中之轆轤體者，為連環體。關乎材料者八：通篇以取成句為主，而加襯以足之，使其合調者，為足古體；純集前人語者，為集古體；集諺語者，為集諺體；集雜劇或傳奇名者，為集劇名體；集詞曲調名者，為集調名體；集藥材名者，為集藥名體；概括前人之詩文者，為概括體；取古樂府或詞翻之，以就曲譜，或以北曲翻為南曲者，為翻譜體。關乎用意者六：托詠物以暗中諷刺者，為諷刺體；托詠物或托詠事，明作嘲笑者，為嘲笑體；專嘲笑風流，警戒漂蕩子弟者，為風流體；此體名見《誠齋樂府》；謔浪淫褻無所不至者，為淫虐體；暗以一語次第，嵌一字於每句第五字者，為簡梅體；暗以一語次第，嵌一字於每句第六字者，為雪花體。（以上樂府十五體、俳體二十五種。任論〈內容篇〉，例證甚詳。惟簡梅、雪花二體見瑣，非復初《中原音韻》序。任謂：簡梅疑與五數有關，雪花疑與六數有關。均未得其詳，置諸待考之列。予今作此解釋，惜乎相去萬里，不能就正於吾中敏也。）融齋嘗以《胡叟傳》（《魏書》），既善為興雅之詞，又工為鄙俗之句。語而論曲，曰：其妙在借俗寫雅，面子疑於放倒骨子，彌復認真（見《藝概》）。遊戲調笑之作，原不可以面子相繩也。

任吶曰：詞靜而曲動，詞斂而曲放，詞縱而曲橫，詞深而曲廣，詞內旋而曲外旋，詞陰柔而曲陽剛。詞以婉約為主，別體則為豪放。曲以豪放為主，別體則為婉約。詞尚意內言外，曲竟為言外而意亦外。雖一家之品量，要足見散曲之精神焉。

於詞，劉毓盤有詞史矣。於戲曲，許之衡有劇曲史矣。散曲史之設學程，肇端於茲。不有述造何以闡發？然今日散曲史之作也，有三難：曲集多佚，無以考究也；曲論不多，無以比證也；僻處西陲，無師友之商兌也。惟，千里啟於蹊步，層台賴諸累土。草創之編，所望於他日論定爾。

第二、元一代散曲盛況

焦循曰：詞之體盡於南宋，而金元乃變為曲。關漢卿、喬夢符、馬東籬、張小山等，為一代鉅手。乃談者，不取其曲，仍論其詩，失之矣（中略）。夫一代有一代之所勝，捨其所勝，而就其所不勝，皆寄人籬下者耳。余嘗欲自楚騷以下至明八股，撰為一集。漢則專取其賦，魏晉六朝至隋，則專錄其五言詩，唐則專錄其律詩，宋專錄其詞，元專錄其曲，明專錄其八股，一代還其一代之所勝（《易餘籥錄》）。里堂所論允且明矣。元一代之所勝，既在曲，雜劇之多，前人類能道之，而於令套頗少記載。幸楊朝英二選（《樂府新編陽春白雪》與《朝野新聲太平樂府》）尚得保存其萬一。鍾嗣成《錄鬼簿》所收，亦劇家多於散曲作者。世之論元曲者，輒舉關、馬、鄭、白四家，蓋據高安周德清挺齋之說。挺齋曰：關、馬、鄭、白一新著作，第論次時代，則鄭宜居殿。其實四家皆以劇名，就中惟東籬為散曲巨擘。江都任氏嘗輯四家之令套，謂：散曲既無雜劇骨董之嫌，又無傳奇滯重之弊。昔謂傷雅曾見疏於詞林，今以率真轉重於文苑，可見元曲固以本色當行。

關漢卿，號已齋叟，大都人。金末官太醫院尹，金亡不仕。好談妖鬼，著有《鬼董》。楊維楨「元宮詞」云：

開國遺音樂府傳，白翎飛上十三弦；大金優諫關卿在，伊尹扶湯進劇編。

此「關卿在」，即指漢卿。豈漢卿猶逮元耶！所謂白翎，教坊大曲之白翎雀也（此雀生於烏桓，朔漠之地，雌雄和鳴，自得其所。世皇因命伶人碩德閭，製曲以名之。）至伊尹扶湯，是鄭作鐵崖誤記之耳。《太和正音譜》評其詞曰：如瓊筵醉客，生平軼事頗有可笑者。嘗見一從嫁媵婢甚美，百計欲得之，為夫人所阻。關無奈作小令一支貽夫人，云：

鬢鴉臉霞屈殺了，將陪嫁規模全似大人家，不在紅娘下，巧笑迎人，文談回話，真如解語花，若咱得他，倒了蒲桃架，蓋朝天子也。

夫人見之答以詩云：

聞君偷看美人圖，不似關王大丈夫；金屋若將阿嬌貯，為君唱徹醋葫蘆。

關見之，太息而已（見明蔣一葵《堯山堂外紀卷》六十八）。又題情（一半兒）二支，亦膾炙人口。詞云：

雲鬟霧鬢勝堆雅，淺露金蓮簌絳紗，不比等閒牆外花。罵你個俏冤家！一半兒難當、一半兒耍。

其二云：

碧紗窗外悄無人，跪在床前忙要親，罵了個負心回轉身。雖是我話兒嗔，一半兒推辭、一半兒肯。

若論奇麗之作，其不伏老一套為最著，而〔煞尾〕尤佳，曰：

我卻是蒸不爛，煮不熟，捶不匾，炒不爆，響噹噹一粒銅豌豆，您子弟誰教鑽入，他鋤不斷，斫不下，解不開，頓不脫，慢騰騰千層錦套頭。我玩的是梁園月，飲的是東京酒，賞的是洛陽花，扳的是章台柳，我也會吟詩、會篆籀、會彈絲、會品竹，我也會唱鷓鴣舞，垂手會打圍、會蹴鞠、會圍棋、會雙陸。你便是落了我牙、歪了我口、瘸了我腿、折了我手，天與我這幾般兒歹症候，尚兀自不肯休；只除是閻王親令，喚神鬼自來，鈎三魂歸地府，七魄喪冥幽，那其間才不向這煙花路兒上走。

魄力之雄，他體所不多見者。

白樸，字仁甫，又字太素，號蘭谷，澳州人。有《天籟閣集》，集後有《摭遺》一卷，錄所作曲也。卷前有元王博文、明孫大雅各一序。博文所述甚詳，可以覘其生年。序云：元白為中州世契，兩家子弟，每舉長慶故事，以詩文相往來。仁甫為寓齋先生華之仲子，於元遺山為通家。仁甫七歲，遭壬辰之難，寓齋以事遠適。明年春，京城變起，遺山遂挈以北行。自是不茹葷血，人問其故？曰：俟見吾親則如初。嘗罹疫，遺山晝夜持抱，凡六日，竟於臂上得汗而愈，蓋視親子侄不啻過之。讀書穎悟異常兒，日親炙遺山謦欬、談笑，悉能默記。後數年，寓齋北歸，以詩謝遺山云：顧我真成喪家狗，賴君曾護落巢兒；居無何父子卜築，於滹陽時律賦為。專家之學，而仁甫有能聲號後進之翹楚，遺山過之必問為學。次第嘗贈之曰：元白通家舊諸郎，獨汝賢未幾生長；見聞學問博洽然，自幼經喪亂倉皇。失母便有滿目山川之歎，逮亡國後，恒鬱鬱不樂，以故放浪形骸，期於適意。中統初年，開府史公，將以所業，薦之於朝。再三遜謝，棲遲衡門，視榮利蔑如也。《正音譜》評其詞，如鵬摶九霄。又云：風骨磊塊，詞源滂沛，若大鵬之起北溟，奮翼凌乎九霄。有一舉萬里之志，宜冠於首。〔仙呂・寄生草〕飲酒云：

長醉後方何礙，不醒時有甚思？糟醃兩個功名字，醅渰千古興亡事，麴埋萬丈虹霓志。不達時皆笑屈原非，但知音盡說陶潛是。

〔雙調・沈醉東風〕漁父詞云：

黃蘆岸白蘋渡口，綠楊隄紅蓼灘頭。雖無刎頸交，卻有忘機友。點秋江白鷺沙鷗。傲殺人間萬戶侯，不識字煙波釣叟。

〔仙呂・醉中天〕佳人黑痣云：

疑是楊妃在，怎脫馬嵬災？曾與明皇棒硯來，美臉風流殺，叵奈揮毫李白，覷著嬌態，灑松煙點破桃腮。

挺齋並稱許之。

馬致遠，字東籬，大都人，江浙行省務官。元有兩馬致遠。一秦淮人，不作曲者。《堯山堂外紀》取〔夜行船〕秋思一套，稱為元人第一，茲錄全文：

〔雙調・夜行船〕百歲光陰一夢蝶，重回首往事堪嗟。今日春來，明朝花謝，急罰盞夜闌燈滅。

〔喬木查〕想秦宮漢闕，都作了衰草牛羊野。不恁麼漁樵沒話說。縱荒墳，橫斷碑，不辨龍蛇。

〔慶宣和〕投至狐蹤與兔穴，多少豪傑！鼎足三分半腰裏折，魏耶？晉耶？

〔落梅風〕天教你富，莫太奢，不多時好天良夜。富家兒更做道你心似鐵，爭辜負了錦堂風月？

〔風入松〕眼前紅日又西斜，疾似下坡車。不爭鏡裏添白雪，上床與鞋履相別。休笑鳩巢計拙，葫蘆提一向妝呆。〔撥不斷〕利名竭，是非絕，紅塵不向門前惹，綠樹偏宜屋角遮，青山正補牆頭缺。更那堪竹籬茅舍。

〔離亭宴煞〕蛩吟罷一覺才寧貼，雞鳴時，萬事無休歇，何年是徹！看密匝匝蟻排兵，亂紛紛蜂釀蜜，鬧穰穰蠅爭血。裴公綠野堂，陶令白蓮社。愛秋來時那些；和露摘黃花，帶霜分紫蟹，煮酒燒紅葉。想人生有限杯，渾幾個重陽節？人問我頑童記者：便北海探吾來，道東籬醉了也。

挺齋謂：此方是樂府，不重韻、無襯字、無險語、押韻兼平上去，無一字不妥，萬中無一，後輩宜法。而《正音譜》評其詞：如朝陽鳴鳳。又云：其詞典雅清麗，可與靈光、景福相頡頏。所作〔越調・天淨紗〕云：

枯藤老樹昏鴉，小橋流水人家，古道西風瘦馬。夕陽西下，斷腸人在天涯。

數語為秋思之祖（見李調元《雨村曲話》卷上。案：雨村論東籬，頗多舛謬，張小山〔滿庭芳〕春晚，喬夢符之〔賣花聲〕香茶，白仁甫〔寄生草〕飲酒、〔沈醉東風〕漁父、徐甜齋之〔水仙子〕夜雨，諸名作悉歸馬有，可謂妄言也已。）他如集中〔落梅風〕三十一首、〔四塊玉〕二十三首、幾無一不妙！惜乎散佚尚多。如小山有次東籬蕭豪韻〔慶東原〕九首，今不見其原唱。而殘闕不完之套，具見譜書。任訥謂其散曲以豪放為主。如天馬脫羈，極盡馳騁之樂。於不期然中，又適成此體之典型、模楷。後之散曲，凡不如此者，皆可謂非其正也（見《東籬樂府提要》）。余意以為，東籬曲中之聖，非豪放一品所能盡。時有清麗之章，時有端謹之作。予嘗以曲擬之西江詩派。東籬一祖也，三宗則小山、夢符、希孟。於體則江東、西江、丹丘。至於宗匠，殆非馬氏莫屬矣（見《飲虹曲話》）。

鄭光祖，字德輝，平陽襄陵人。以儒補杭州路吏。為人方直，不妄與人交。故諸公多鄙之，久則見其情厚，而他人莫之及也。病卒，火葬於西湖之靈芝寺，諸吊客送有詩文。公之所作，不待備述。名聞天下，聲振閨閣，伶倫輩稱鄭老先生，皆知其為德輝也（見《錄鬼簿》）。醜齋輓以〔凌波曲〕云：

> 乾坤膏馥潤肌膚，錦繡文章滿肺腑，筆端寫出驚人句。解番騰今共古，占詞場老將伏輸。翰林風月、梨園樂府，端的是曾下工夫。

德輝於劇所作不少，令套則寥寥無幾。搜輯諸選，三令三套而已。〔蟾宮曲〕夢中作一闋為最，詞云：

> 半窗幽夢微茫，歌罷錢唐，賦罷高唐。風入羅幃，爽入疎櫺，月照紗窗。縹渺見梨花淡妝，依稀聞蘭麝餘香。喚起思量，待不思量，怎不思量？

所謂四大家者，在散曲上，德輝固無足稱焉。

元初貴宦亦有工為曲者，其功業久已彪炳史冊。偶傳其一二小令，亦詞林之佳話也。余嘗曰：曲中有姚（燧）、虞（集）、盧（摯）、劉（秉忠），猶詞中有歐、范諸公。同一名貴，同一以少許勝人多許（見《飲虹曲話》）。姚燧，字牧庵，鐘錄於前輩已死名公中，所稱姚參政是也。元史有傳，固以古文詞名世者，曲則不經見。顧其所作，亦婉麗可誦。其寄征衣〔憑闌人〕云：

欲寄君衣君不還，不寄君衣君又寒，寄與不寄間，妾身千萬難。

霜崖居士謂其深得詞人三昧相傳。牧庵與閻靜軒，每於名伎張怡雲家宴飲。一日座有貴人，牧庵偶言「暮秋時」三字，貴人命怡雲續歌之。牧庵戲作〔傍妝台〕云：暮秋時菊殘，猶有傲霜枝，西風了卻黃花事。貴人曰止，遂不成章，其意度可思也。其在翰林承旨日，玉堂設宴，歌伎羅列。中有一人秀麗閒雅，牧庵命歌。遂引吭而歌曰：奴本是明珠擎掌，怎生的流落平康？對人前喬做作嬌模樣，背地裏淚千行。三春南國憐飄蕩，一事東風沒主張，添悲愴。那裏有珍珠十斛來贖雲娘？蓋〔解三醒〕曲也。牧庵感其詞之悲抑，使之近前。見其舉動羞澀，而口操閩音。問其履歷，初不實對。叩之再三，泣而言之：妾乃建寧人氏，真西山之後人也。父官朔方時，祿薄不足以自給。侵貸公帑，無所償。遂賣入娼家，流落至此。牧庵命之坐，乃遣使詣丞相三寶奴，請為落籍。丞相素敬公意，公欲以侍巾櫛，即令教坊檢籍除之。公得報，語一小吏黃棣曰：我以此女為汝妻，女即以我為父也，吏忻然從命。後吏亦至顯官，夫婦偕老京師。人相傳以為盛事，其慷慨俠義如此！

又〔醉高歌〕感懷：十年燕市歌聲，幾點吳霜鬢影，西風吹老鱸魚興，晚節桑榆暮景。

亦傳誦至今。

虞集，字伯生，號道園，雍人也。其在翰苑時，宴散學士家。有歌兒順時秀者，唱〔折桂令〕云：

博山銅細嫋香風，兩道紗籠，燭影搖紅。翠袖殷勤，來捧玉鍾，半露春蔥，唱好是會受用。文章巨公綺羅叢，醉眼朦朧，漏轉銅龍，夜宴將終。十二簾櫳，月上梧桐。

一句而兩韻，名曰：短柱，極不易作。伯生愛其新奇可喜，時席上適談及三國蜀漢事，伯生即賦〔折桂令〕云：

鑾輿三顧茅廬，漢祚難扶，日暮桑榆。深渡南瀘，長驅西蜀，力拒東吳。美乎周瑜妙術，悲夫關羽云殂。天數盈虛，造物乘除。問汝何如？笑賦歸歟！

兩字一韻平仄通押，較一句兩韻者，其難倍屣矣。先生文字道義，照耀千古。出其餘緒，尤能工妙若此，洵乎天才，不可多得也。

盧摯，字處道，一字莘老。《鍾錄》稱之為疏齋學士，涿郡人；胡元瑞云永嘉人。至元五年進士，博洽有文思。累遷少中大夫，河南路總管。大德初，授集賢學士，持憲湖南。遷江東道廉訪使，復入翰林學士，遷承旨，卒。著有：《疏齋集》，又《文章要訣》，見陶南村《輟耕錄》卷九。元初，中州文獻中，人往往稱李、閻、徐；而能文章者曰姚、盧。蓋謂：李謙（受益）、閻復（子靖）、徐琰（子方）、姚燧（牧庵）及疏齋也。推詩，專家必以劉因與疏齋論。曲則以疏齋為首，徐子方、鮮于伯機次之。亦與劉秉忠齊名。嘗往見金陵妓杜傳隆不遇，題踏莎行詞誦在人口。又嘗送別當時官妓珠簾秀〔落梅風〕一闋，云：

才歡悅，早間別，痛殺俺好難割捨。畫船兒載將春去也！空留下半江明月。

珠簾秀答之云：

山無數，煙萬縷，憔翠煞玉堂人物。倚篷窗一身兒活受苦。恨不得隨大江東去！

案：珠簾秀，姓朱，姿容姝麗。雜劇為當時第一。胡紫山亦愛之，嘗贈以〔沈醉東風〕，云：

錦織江邊翠竹，絨穿海上明珠。月淡時，風清處，都隔斷江埊土。一片閒情任卷舒，掛盡朝雲暮雨。

疏齋與孔退之。孔為先聖五十四代孫，亦有才名。疏齋一遊一宴，未嘗不與之同處。一日，廉使徐容齋集疏齋處，退之與焉。容齋曰：我有一對，君能屬之乎？「書中有女顏如玉」，退之即應曰：「路上行人口似碑」。容齋大喜，疏齋不禁蹈舞矣。疏齋之為人，疏爽豁達，故其曲有疏朗之致，誠哉疏之為疏也。有〔殿前歡〕云：

> 酒杯濃，一葫蘆春色醉疏翁，一葫蘆酒壓花梢重。隨我奚童，葫蘆乾興不窮。誰人共？一帶青山送，乘風列子，列子乘風。

可想見其風度矣。劉秉忠，字子晦，邢臺人。曾皈依釋氏，又名子聰。後遇世祖洊升台閣，晚年自號藏春散人。著有《藏春樂府》。〈乾荷葉〉云：

> 乾荷葉，色蒼蒼，老柄風搖盪。減了清香，越添黃，都因昨夜一場霜，寂寞秋江上。

此其自度曲詠乾荷葉。即以「乾荷葉」為牌名，猶唐辭之意也。

> 又：乾荷葉，色無多，不耐風霜剉。貼秋波，倒枝柯，宮娃齊唱採蓮歌，夢裏繁華過。

又：南高峰，北高峰，慘澹煙霞洞。宋高宗，一場空，吳山依舊酒旗風，兩度江南夢。

《詞品》云：此借題別詠，後世詞例也。然其曲淒惻，感慨千古，寡和也。或云：非秉忠作。秉忠助元兇宋，惟恐不早，而復為吊惜之辭。其俗所謂：斧子砍了，手摩挲之類也。苟了然當時南北之大勢於子晦，可以諒矣。元史本傳所識，殆亦不得已耳。言為心聲，於此可知其初心，又何必廢而不取其言也。其〈三奠子〉曲云：

念行藏有命，煙水無涯，嗟去雁羨歸鴻。半生身累，影一事髩成華東山客，西蜀道，且回家。〔么篇〕壺中日月，洞裏煙霞，春不老景長佳，功名眉上鎖，富貴眼前花，三杯酒，一覺睡，一甌茶。

亦如置身羲皇以上者，殆已倦此世之紛紛歟。四公外，趙孟頫亦有詞名，嘗欲置妾，以小詞調管夫人云：我為學士，你為夫人，豈不聞陶學士有桃葉、桃根；蘇學士有朝雲、暮雲。我便多娶幾個吳姬越女有何過分？你年紀已過四旬，只官占住玉堂春。夫人答云：

你儂我儂忒煞情，多情多處，熱似火把，一塊泥撚一個你，撚一個我；將咱兩個一齊打破，用水調和再撚一個你，再撚一個我，我泥中有你，你泥中有我；與你生同一個衾，死同一個槨。

此又彷彿漢卿之於從嫁婢徒，自太息而已。子昂，宋之宗室也，與管夫人並以書畫，著曲亦餘事耳。

張可久，字小山，慶元人。以路吏轉首領官，有樂府盛行於世。又有吳鹽《蘇堤漁唱》等曲，編於隱語中（見《錄鬼簿》）。有元一代，不為劇曲而專為散曲者，惟小山。亦惟小山之散曲專集獨傳。今可知者約七種。一、在當時分別刊行之前集《新樂府》，後集《蘇堤漁唱》，續集《吳鹽別集•新樂府》。二、毛扆汲古閣珍藏秘本書目中之《小山北曲聯樂府》三卷，外集一卷。三、貫雲石序，劉時中等跋，不分卷之《小山樂府》。四、宋景濂、方孝孺明初編刻之二卷。五、嘉靖李開先編刻大字本，及乾隆時厲鶚刻巾箱本之《小山小令》二卷。六、康熙間，吳興夏煜寧枚選本六卷。七、道光間，錢唐丁丙所刊《蘇堤漁唱》一卷。中麓〈小山小令序〉云：《錄鬼簿》謂人生斯世，但以已死為鬼，而不知未死者亦鬼也。身後無聞，則又不若塊然之鬼為猶愈。《太和正音譜》評小山詞：瑤如天笙鶴，既清且新。華而不豔，有不食煙火氣味。謂其如披太華之天風，招蓬萊之海月，若是可稱詞中仙才矣。李太白為詩仙，非其同類耶。小山詞既為仙，迄今殆死而不鬼矣。世雖慕之，未有見其全詞者。予為之編選成帙，亦有一二刪去者。存者，皆如《錄鬼》及《太和》二書所稱許。以其生平鮮套詞，因名之曰《小山小令》。云：或謂小山名伯遠（《堯山堂外紀》），或謂仲遠是小山字（《欽定四庫全書總目錄•曲類存目》）。甚至有誤其名為久可者（如劉燕庭藏明鈔本《葉兒樂府》及《千頃堂書目》，均有此誤）。可見曲家掌故，自來隱晦、泅沈。名家如小山而有名字之訛，亦未足怪。小山約生於大德、延祐間，而歿於泰定、天歷之際。生平遊屐遍於浙中，他如金陵、維吳、門楊、吳淞、及長沙、洞庭、牛渚、采石亦嘗有其足跡。所交接者，先輩為東籬。與疏齋、雲石亦多倡和之作。任訥曰：清華麗則，乃小山曲之特長。此評最確（見《曲諧》）。如：

〔殿前歡〕離思云：月籠沙，十年心事賦琵琶。相思懶看幃屏畫，人在天涯。春殘豆蔻花，情寄鴛鴦帕，香冷荼蘼架。舊遊台榭，曉夢窗紗。

〔水仙子〕湖上云：金鞭蝸醉動花梢，翠袖揎香贈柳條。玉波流暖迎蘭棹，西湖春事好。相逢酒聖詩豪，醉墨灑龍香劑，新弦調鳳尾槽，草色裙腰。

可謂工練之至。〔紅繡鞋〕寧元帥席上云：

鳴玉珮淩煙圖畫，樂雲村投老生涯。少年誰識故侯家，青蛇昏寶劍，團錦碎袍花，飛龍閑廏馬。

鑄字琢句何異乎詞。無怪有謂其遣辭命意，實能脫其塵蹊者（見《四章全書總目・詞曲類存目》）。套中湖上晚歸〔南呂一枝花〕云：

長天落彩霞，遠水涵秋鏡。花如人面紅，山似佛頭青。生色圍屏。翠冷松雲徑，嫣然眉黛橫。但攜將旖旎濃香，何必賦橫斜瘦影。

〔梁州〕挽玉手，留連錦茵，據胡床，指點銀屏。素娥不嫁傷孤另。想當年小小，問何處卿卿。東坡才調，西子娉婷，總相宜千古留名。吾二人此地私行。六一泉亭上詩成，三五夜花前月明，十四弦指下風生。可憎，有情。捧紅牙合和伊州令。萬籟寂，四山靜，幽咽泉流石上聲，鶴怨猿驚。〔尾〕岩阿禪窟金磬，波底龍宮漾水精。夜氣清，酒力醒；寶篆銷，玉漏鳴。笑歸來彷彿有鼓二更，煞強似踏雪尋梅灞橋冷。

沈德符曰：惟馬東籬「百歲光陰」，張小山「長天落彩霞」為一時絕唱（見《顧曲雜言》）。李開先曰：小山此曲，千古絕唱。世獨重馬東籬「夜行船」，人生有幸不幸耳。實則東籬蒼古；小山清勁，瘦至骨立，而血肉銷化俱盡，乃孫悟空練成萬轉軀矣。又，春怨〔南呂・一枝花〕云：

鶯穿殘楊柳，枝蟲褰損薔薇刺，蝶搧乾芍藥，粉蜂踐斷海棠絲，怕近花時白日傷心事，清宵有夢思間阻了，洛浦神仙沒亂殺。蘇州刺史。

〔梁州第七〕俏姻緣別來久矣。巧魂數夢寢求之一春多少傷心事，著情疼熱痛口嗟咨往來，迢遞終紿參差一簡書寫就了情詞三般兒，寄與嬌姿麝臍薰，五花瓣，翠羽香鈿貓眼嵌，雙轉軸烏金戒指獺髓調，百和香紫蠟胭脂，念茲在茲愁和淚，頻傳示更嗚，付兩三次，訴不盡心間無恨思，倒羞了燕子鶯兒。

〔尾聲〕無心學寫鐘王字，遣與閒觀李杜詩，風月關情隨人志，酒不到半卮，飯不到半匙，瘦損了青春少年子。

李開先曰：韻窄而字不重，句高而情更款。通首全對尤難，並不見陳所聞。《北宮詞紀》曲體之特長，本在流動活潑，且要於俗中見雅，小山之端整如此，實介乎詞曲之間，非曲之本色矣。雖然在當日，詞曲之分未畫，顯亦不得以此少小山也。小山之曲，播及宮闈，武宗嘗於中秋夜，與諸嬪妃泛月禁苑太液池中，開宴張樂，令宮女披羅曳縠前，為八展舞歌，小山〔一半兒〕詞云：

花邊嬌月靜妝樓，葉底滄波冷翠溝，池上好風閑禦舟。可憐秋，一半兒芙蓉，一半兒柳。

極歡而罷（朱彝尊《日下舊聞》）。其曲亦有漸入化境，疏而意廣者。如〔迎仙客〕括山道中曰：

雲冉冉，草纖纖，誰家隱居山半崦。水煙寒，溪路險。半幅青簾，五里桃花店。

又〔憑闌人〕暮春即事曰：

小玉闌干月半掐，嫩綠池溏春幾家。鳥啼芳樹丫，燕銜黃柳花。

皆絕妙好曲也，至如別開一境，水木清華，足為喻者。若〔落梅風〕春晚：

東風景，西子湖。濕冥冥柳煙花霧，黃鶯亂啼蝴蝶舞。幾千秋打將春去！

〔清江引〕春思云：黃鶯亂啼門外柳，細雨清明後。能消幾日春，又是相思瘦。梨花小窗人病酒。

〔紅繡鞋〕湖上云：無是無非心事，不寒不暖花時，妝點西湖似西施。控青絲玉面馬，歌《金縷》粉團兒，信人生行樂耳！

又：綠樹當門酒肆，紅妝映水鬟兒，眼底殷勤座間詩。塵埃三五字。楊柳萬千絲，記年時曾到此。

〔水仙子〕歸興云：淡文章不到紫薇郎，小根腳難登白玉堂。遠功名卻怕黃茅瘴，老來敢思故鄉，想途中夢感魂傷。雲莽莽馮公嶺，浪淘淘揚子江，水遠山長。

此等方是小山極詣，賞小山之端謹，而不知小山此類之曲，非所以知小山者也。至於逸情遠概，以見其胸襟境地者，如〔殿前歡〕次酸齋韻云：

釣魚臺，十年不上野鷗猜。白雲來往青山在，對酒開懷。欠伊周濟世才，犯劉阮貪杯戒，還李杜吟詩債。酸齋笑我，我笑酸齋。又：喚歸來，西湖山上野猿哀。二十年多少風流怪，花落花開。

望雲霄拜將台。袖星斗安邦策，破煙月迷魂寨。酸齋笑我，我笑酸齋。

亦可謂得豪放之至，大概一大作手，固自有其獨至處，其餘亦未始不能為。小山固以端整開派而豪放之詞，並有足誦。又，元人多愛刪落典語，以俚辭刻畫者，小山之〔醉太平〕感懷然也，詞曰：

人皆嫌命窘，誰不見錢親。水晶丸入麵糊盆，才沾黏便滾。文章糊了盛錢囤，門庭改做迷魂陣，清廉貶入睡餛飩。葫蘆提倒穩！

嬉笑怒罵渾然，元曲風趣也。然在全集中，直是別調矣。小山之曲又往往為俗子更刪，失其原來面目。楊升庵曰：張小山〔小桃紅〕詞云：

一汀煙柳索春饒，添得楊花鬧盼煞。歸舟木蘭棹水，迢迢畫樓明月空，相照今番瘦了。多情知道寬盡翠，裙腰萋蒿春雪動，楊柳索春饒山谷。

詩也，此詞用之今刻本，不知改「饒」為「愁」。不惟無韻，且無味矣。《詞品》焦里堂曰：《詞綜》選張可久〔風入松〕一首詠九日，首四句云：

哀箏一抹十三弦，飛雁隔秋煙。攜壺莫道登臨樂，雙雙燕為我留連。

按《小山樂府》載，此作「雙雙為我留連，無燕字。雙雙即指上飛雁，雁與燕不當雜出。且九日不復有燕矣，蓋雁指箏上所有，雙雙即此雁也」中略。《小山樂府》世不多有。余適有之，乃得較出增多燕字。

又，〔人月圓〕一首云：片時春夢，十年往事，一點詩愁。彝尊改作「閒愁」。又，故人何在前程，那裏心事誰同。彝尊改作「前程莫問」。又，白家亭館，吳宮花草長。似坡詩「可人憐處，鳥啼夜月，猶怨西施。」彝尊改作「可似當時最憐人處」。以音調推之，可謂削圓方竹杖矣（《易餘籥錄》卷十七）。徐陽初曰：北詞馬東籬、張小山，自應首冠（《三家村老委談》），評論至當。而中麓謂：樂府之有喬張，猶詩家之有李杜。伯良辨之曰：夫李，則實甫；杜，則東籬始當。喬張蓋長吉、義山之流。然喬多凡語，似又不如小山更勝也。《曲律》融齋則謂：小山極長小令。夢符雖頗作雜劇，散套亦以小令為最長。兩家固同一騷雅，不落俳語。惟張尤翛然，獨遠耳（《藝概》）。予意以喬、張、方、諸、李、杜，固有未當目之為，昌谷義山，亦非允論。取各人之長，使之各標一派，又何必較其優劣哉！騷雅二字，自常州以之論詞，而詞學大敝。謝枚如曰：夫古人樂府，專重典雅。竹垞操選，以此為準。試觀小山、夢符二家小令，抑何宛轉多風（《賭棋山莊詞話》）。直以常州詞論，論曲矣。張宗橚乃有：孰謂張小山不如晏小山之歎（《詞林記事》）。於小山之曲，終何補也。

以清麗之曲，自成一局面者，惟喬吉。《錄鬼簿》云：吉（又作吉甫），字夢符。太原人，號笙鶴翁，又號惺惺道人。美容儀，能詞章，以威嚴自飭，人敬畏之。居杭州太乙宮前，有題西湖〔梧葉兒〕百篇。名公為之序，胥疏江湖間四十年。欲刊所作，竟無成事。至正五年二月，病卒於家。醜齋以〔凌波曲〕吊之云：

> 平生湖海少知音，幾曲宮商大用心。百年光景還爭甚？空贏得雪鬢。侵跨仙禽，路遶雲深。欲掛墳前劍，重聽膝上琴，漫攜琴載酒相尋。

陶宗儀曰：夢符博學多能，以樂府稱。嘗云：作樂府亦有法，曰：鳳頭、豬肚、豹尾六字是也。大概：起要美麗，中要浩蕩，結要響亮。尤貴在尾，貫穿意思清新。苟能若是，斯可以言樂府矣！（見《輟耕錄》）《太和正音譜》評云：喬夢符之詞，如神鼇鼓浪。若天吳跨神鼇，噀沫於大洋。波濤洶湧，截斷中流之勢。沈德符謂：夢符與德輝，俱以四折雜劇擅名。其餘技，則工小令為多（《顧曲雜言》）。德輝，誠然是非所語於夢符也，融齋已言之矣。夢符之曲，除李中麓所輯小令本外，有文湖州集詞本。為錢唐丁氏舊藏，何夢華原藏者。卷端題：文林郎雙門吟隱拜校，後有厲樊榭記。謂此本較李輯，少數十闋作。文湖州不知何故，任訥曰：余按，李輯小令二十調百八十八首，文湖州集詞僅五十八首。較少百餘，何止數十，厲氏蓋未詳核耳。惟五十八首中，為李輯所無者，有十六首之多。而調名別致者，尤足記述：賣花聲作秋雲冷，或秋雲冷孩兒、山坡羊作芳草多情、小桃紅作採蓮曲、憑闌人作萬里心、喜春來作惜芳春、慶東原作鄆城春、撥不斷作錢絲泫，皆自來譜錄所不載。不知是否創自夢符之手耳。文湖州集詞之誤，自不待言，惟此五十八首又何人所輯？據之何書？可惜失考矣！錢大昕《元史・藝文志》集部，小說家類云：喬吉《青樓集》一卷。又詞曲類云：《惺惺老人樂府》一卷。《歷代詩餘》等書，則「老人」作「道人」。此一卷，當係夢符曲集最古之本矣。評夢符曲者中，錄語最詳，以為涵虛子。但賞其雄健，要未能盡蘊藉。包含風流、調笑種種，出奇而不失之怪。多多益善，而不失之繁。句句用俗，而不失其為文。所論亦是，惟句句用俗，則不確、不實。樊榭謂：尤好其小令，灑落俊生。如遇翁之風韻，於紅牙錦瑟間。是誠有體會語也。所謂蘊藉，包含風流調笑之作，中敏謂其集中，莫過於〈小桃紅〉曉妝：

紺雲分翠攏香絲，玉線界宮鴉翅，露冷薔薇曉初試。淡勻脂，金篦膩點蘭煙紙。含嬌意思，殢人須是，親手畫眉兒。

自攏髮，至於插花種種，皆自為之。而畫眉一事，必留以殢人親手，信得美人嬌韻無限曉。他之詠曲中，難以過此，同調贈朱阿嬌曰：

鬱金香染海棠絲，雲膩宮鴉翅，翠靨眉兒畫心事，喜孜孜。司空休作尋常事。尊前但得，身邊伏倚，誰敢想那些兒。

此固屬風流調笑，亦何嘗不灑落俊生耶？出奇而不怪者，如：〔水仙子〕輾轉秋思京門賦云：

瑣窗風雨古今情，夢繞雲山十二層，香消燭暗人初定。酒醒時愁未醒，三般兒捱不到天明。𡾊地羅幃靜，森地鴛被冷，忽地心疼。

奇在末一句。〔水仙子〕詠雪曰：

冷無香柳絮撲將來，凍成片梨花拂不開。大灰泥漫不了三千界，銀稜了東大海，探梅的心噤難捱。面甕兒裏袁安舍，鹽罐兒裏黨尉宅，粉缸兒裏舞榭歌台。

漫字、稜字，與夫甕、缸、罐之屬，不可謂不奇。良以元人為曲，務必求新。取材未能新，說法務必新，如此方是曲也。夢符又善于用俚辭。伯良謂：其多凡語，便以為不如小山。非以曲言曲之評，如：

〔水仙子〕眼前花怎得接連枝，眉上鎖新教配鑰匙，描筆兒鉤消了傷春事，悶葫蘆鉸斷線兒，錦鴛鴦別對了個雄雌，野蜂兒難尋覓，蠍虎兒甘害殆，蠶蛹兒別罷了相思。

取譬蟲物趣味盎然。又為友人作：

滿腔子苦恨病相兼，一肚皮離情沈點點，豫章城開了座相思店。悶勾肆兒逐日添，愁行貨頓塌在眉尖，稅錢比茶船上欠，斤兩去戥秤上掂，吃緊的曆冊般拘箝。

此等作，皆奇寓於本色中者。麗采之中，而出奇者，如春閨怨云：

黑海春愁渾無處躲，嫩香膩玉漸消磨瘦啊！也不似今春個無奈何，自畫雙蛾，越添得愁多。

又，〔折桂令〕贈崔秀卿有云：

水灑不著的春妝整整，風吹得倒的玉立亭亭。

〔水仙子〕嘲楚儀有云：

順毛兒撲散翠鸞雛，暖水兒溫存比目魚，碎磚兒壘就的陽臺路。

皆奇麗兼至之詞。他，如詠物題贈，一味鮮豔，是其騁才顯處。詠物如〔水仙子〕楚儀所贈香囊：

玉絲寒皺雪紗囊，金翦裁成冰筍涼，梅魂不許香搖盪。和清愁一處裝，芳心偷付檀郎。懷兒裏放，枕袋藏，夢繞龍香。

題贈，應無過於前調贈江雲：

白蘋吹練洗閒愁，粉絮成衣怯素秋，高情不管青山瘦，伴潯陽一派流，寄相思日暮東州，有意能收放，無心盡去留，梨花夢，湘水悠悠。

又，《中原音韻》錄〔賣花聲〕詠香茶：

細研片腦梅花粉，新剝真珠豆蔻仁，依方修合鳳團春，醉魂清爽，舌尖香嫩，這孩兒那些風韻。

評曰：俊詞也。其他詠竹衫、詠睡鞋，皆極工巧。有時凝練過度，蹈小山端謹之弊，以至詞曲混淆。如〔憑闌人〕香拌有云：寶奩餘燼溫，小池明月昏。在夢符，雖亦未能免，然究不多見。要之，讀夢符曲，自以清麗為主。間作楚江草堂各體語，輒可誦如〔山坡羊〕兩首：

一曰：鵬摶九萬，腰纏十萬，揚州鶴背騎來慣。事間關，景闌珊，黃金不富英雄漢，一片世情天地間。白，也是眼；青，也是眼。

一曰：冬寒前後，雪晴時候，誰人相伴梅花瘦？釣鼇舟，纜汀洲，綠簑不耐風霜透，投至有魚來上鈎。風，吹破頭；霜，皴破手。

語淺意深，耐人尋味焉。夢符套曲僅十套，亦大都見其清麗，如：詠柳憶別〔商調・集賢賓〕云：

恨青青畫橋東畔柳，曾祖送少年遊，散晴雪楊花清晝，又一場心事悠悠。翠絲長不繫雕鞍，碧雲寒空掩朱樓，揾羅袖試將纖玉手，綰東風援損輕柔，同心方勝結，纓絡繡文球，（逍遙樂綰）不成鴛鴦雙扣，空驚散梢頭一對錦鳩，何處忘憂？聽枝上數聲黃栗留，怕不弄春嬌巧轉歌喉。驚回好夢，題起離情，喚醒閒愁。（醋葫蘆）雨晴珠淚收，煙顰翠黛羞，殢風流還自怨風流。病多不耐秋，未秋來早先消瘦，曉風殘月上簾鉤。（浪裏來煞）不要你護雕，闌花甃香，蔭苔蒼石徑幽。只要你盼行人終日替我凝眸，只要你重溫灞陵別後酒。如今時候，只要向綠陰深處纜歸舟。

豪放原為元曲之特長，有元曲家，無不優為之。似不必別立一派，其所以舉之者，端謹、清麗、鼎足而三。既謂東籬為匠，更推以為此派之主將。私意莫有可與張養浩競者。養浩，字希孟，號雲莊，濟南人。自幼有才名，遊京師獻書於平章，不忽木大奇之。累辟御史台丞相，椽選授堂邑縣尹，擢監察御史。疏時政萬餘言，為當國者所忌，除翰林待制。尋罷思之恐禍及，變姓名遁去。及尚書省罷召為右司都、事遷翰林直學士。延祐設科以禮部侍郎，知貢舉，累拜禮部尚書。天曆二年，關中旱災，特拜陝西行台中丞。到官四月，傾囊以賑饑民。每撫膺痛哭，遂得疾不起，謚文忠。有散曲集曰《雲莊休居《自適小樂府》。《正音譜》評其詞如玉樹臨風。〔中呂・紅繡鞋〕警世，最為人傳誦。

其一曰：才上馬齊聲兒喝道，只這的便是那送了人的根苗。直引到深坑裏恰心焦。禍來也何處躲，天怒也怎生饒，把舊來時威風不見了！

一曰：正膠漆當思勇，退到參商才說歸期，只恐范蠡張良笑人癡。腆著胸登要路，睜著眼履危機，直到那其間誰救你？

驟視之，以為黃冠體中之道情語。其實考其人之生平，知此詞自心中奔放而出，豈虛為曠達而以高士自擬哉！

三派以外，有以俳優體自成家數者，大都王鼎是也。鼎，字和卿，與漢卿最友善。數譏謔漢卿，雖極意還答，終不能勝。一日和卿無疾而逝，而鼻垂涕尺餘，人皆歎駭。漢卿來弔唁，詢其由，或對云：此釋家所謂坐化也。復問鼻懸何物乎？或又對云：此玉筋也。漢卿曰：我道你不識，不是玉筋是嗓咸，發一大噱。或戲關云：你被王和卿輕侮半世，死後方才還得一籌，關亦不與辨也。和卿滑稽佻達，傳播四方。中統初，燕市有一蝴蝶，其大異常，或以為仙蝶嬲。王賦小曲一支，和卿遂拈〔醉中天〕云：

掙破莊周夢，兩翅駕東風。三百處名園一采一個空，難道風流種，諕殺尋芳蜜蜂。輕輕的飛動，賣花人搧過橋東。

又有〔天淨沙〕云：

笠兒深掩過雙肩，頭巾牢抹到眉邊。款款的把笠簷試掀，連慌道一句，君子人不見頭面。

又，妓有於浴房中被打者，訴苦於王，為作〔撥不斷〕云：

假胡伶，聘聰明。你本待洗醃臢，倒惹得不乾淨。精尻上勻排七道青扇圈，大膏藥剛糊定，早難道假裝無病。

其所作諸詞，詼諧雜出，多半類此。自來碩儒士夫，以曲在文章技藝之間，品卑下不足道者，殆俳優之淫虐，不足與於文藝之林。曲中之所以有此，和卿之功罪難言也。

貫雲石、徐再思兩家，並稱酸甜樂府。品格介乎喬、張之間。雲石畏吾人，阿里海涯之孫。父名貫只哥，遂以貫為氏。自名小雲石海涯，又號酸齋。襲父官，為兩淮萬戶府達魯花赤，鎮永州。一日解所佩黃金虎符，讓弟忽都海涯，北從姚燧學。燧見其古文峭厲有法，及歌行古樂府慷慨激昂，大奇之。俄選為英宗潛邸說書。秀才阿里西瑛者，亦善於曲詞，新築別業，名懶雲窩。自作〔殿前歡〕云：

> 懶雲窩，醒時詩酒，醉時歌；瑤琴不理拋書臥，無夢南柯。得清閒儘快活，日月似攛梭。過富貴比花開落，青春去也，不樂如何。

酸齋數和之詞，皆超絕。酸齋生而神彩秀異，膂力絕人，長而折節讀書。仁宗朝，拜翰林侍讀學士，知制詔修國史。一日，忽喟然歎曰：辭尊居卑，昔賢所尚。乃稱疾隱江南，賣藥錢塘市中。詭姓名易，冠服人無識者。嘗過染山濼，以詩易蘆花被，自號蘆花道人。立春日所為〔清江引〕，每語嵌五行與一春字，傳誦於人口。在湖上時遊虎跑，應聲叶泉字韻。成詩至今，傳為韻事，亦可見其玩世之情。《正音譜》評其詞，如天馬脫羈，指散曲而言也。酸齋生平不作雜劇，其套數以〔粉蝶兒〕西湖遊賞最著。詞曰：

> 描不上小扇輕羅，便是真蓬萊賽他不過，雖然是比不得百二山河，一壁廂嵌平堤，連綠野端的有亭台百座。暗想東坡逋仙詩有誰酬和。

〔南泣顏回〕漫說鳳凰坡怎比繁華江左？無窮千古真個是勝蹤留多，煙籠霧鎖繞六橋，翠嶂如螺錯。青靄靄山抹如藍，百澄澄水鱉金波，北石榴花。我則見採蓮人唱採蓮歌，端的是勝景勝其他。看遠峰倒影蘸清波，晴嵐翠鎖怪石嵯峨，我則見沙鷗數點湖光破。咿咿啞啞櫓聲搖過，則兒女嬌羞倚定雕闌坐，恰便是寶鑒對嫦娥。南泣顏回緣何，樂事賞心多，詩朋酒侶吟哦，花濃酒豔破除萬事無過，嬉游玩賞對清風皓月安然坐，任春夏秋月冬天，但適興四時皆可。

〔北斗鵪鶉〕鬧攘攘急管紛繁，弦齊臻臻蘭舟畫舸。嬌滴滴粉黛相連顫巍巍翠雲朵，端的是洗古磨今錦繡窩，你不信試覷呵，綠依依楊柳千枝，紅馥馥芙蕖萬顆。

〔南撲燈蛾〕清風送蕙香，岫月穿雲破，清湛湛水光浮嵐碧，響璫璫曉鐘兒敲破，嗚咽咽猿啼佔領兒，對對鴛鴦戲著晴玻，迢迢似漁舟釣艇，美甘甘一湖明鏡照嫦娥。

〔北上小樓〕窑匝匝那一窩疏剌剌這幾夥，我這裏對著清嵐，倚著清風，泛著清波，微雨初收，微煙初散，微風初過，再休題濃妝淡抹！

〔南撲燈蛾〕疊疊的層樓兼畫閣，簇簇的奇葩與異果，遠遠的綠沙，茵茸茸的芳草坡，跎蹬的馬蹄踏破，隱隱似長橋臥，波細嫋嫋綠柳金，拖我實丕丕，放開眼界這整齊齊樓臺金百天上也無多。

〔尾聲〕陰晴晝夜皆行樂，不通道好風景被橫俗人摧挫，再尋個風雅的湖山何處。

可其小令，予最愛〔塞鴻秋〕代人作戰曰：

西風遙天幾點賓，鴻至感起我，南朝千古傷心事，展花箋，欲寫歲句知心事，空教我停霜毫，半晌無才思往常，得興時一掃無瑕疵，今日個病懨懨，剛寫下兩個相思字。

又〔紅繡鞋〕曰：

挨著靠著雲窗同坐，看著笑著月枕雙歌，聽著數著怕著愁著早四更過。四更過，情未足，情未足，夜如梭，天哪更閏一更妨甚麼。

何其婉妙也！再思，字德可，嘉興人。或謂名飴，揚州人。吳瞿安師《塵談》中語：好食飴，故號甜齋。子善長頗能維家聲。其曲《正音譜》評為：桂林秋月，詞之美可知。

〔折桂令〕春情云：平生不會相思，才會相思，便害相思。身似浮雲，心如飛絮，氣若遊絲。空一縷餘香在此，盼千金遊子何之。症侯來時，正是何時？燈半昏時，月半明時。

又〔水仙子〕夜雨云：

一聲梧葉一聲秋，一點芭蕉一點愁，三更歸夢三更後。落燈花棋未收，歎新豐孤館人留。枕上十年事，江南二老憂，都到心頭。

又二闋〔詠佳人〕。

釘鞋云：金蓮脫瓣載雲輕，紅葉浮香帶雨行，漬香泥印在蒼苔逕，三寸中數點星。玉玲瓏環珮交鳴，濺越女紅裙，濕心湘妃羅襪冷，點寒波小小晴蜓。

詠紅指甲云：落花飛上筍，牙尖宮葉猶將水筋黏，抵牙關越顯得櫻唇豔，怕陽春不捲簾，捧菱花紅印妝奩，雪藕絲霞十縷，棗斑血半點，掏劉郎春在纖纖。

瞿安先生謂其：語語俊、字字豔，直可倒群英矣！。酸、甜外，挺齋詞亦端麗。挺齋者，高安周德清也，著有《中原音韻》。韻之分陰陽，自德清始。當時止及平聲，明範善榛乃分去聲，王鵕、周少霞始及上聲。論華路山林之功，不得不推德清矣。《正音譜》評其詞曰：玉笛橫秋。其〔喜春來〕別情云：

月兒初上鵝黃，柳燕子先歸，翡翠樓梅魂休暖，鳳香篝人去後，鴛被冷堆愁。

胡祗遹，字紫山，號少凱。《鐘錄》所謂胡宣慰者是。《正音譜》評其詞曰：秋潭孤月。其〔喜春來〕春思云：

閑花醞釀蜂兒蜜，細雨調和燕子泥，綠窗覺來遲。誰喚起簾外曉鶯啼。

劉致，字時中。號逋齋，寧鄉人。初任永新州判，嘗與文子方，過暢純父。值其濯足，暢聞二人至，輟洗迎笑。曰：佳客至，正有佳味。於臥內取四大桃置案上，以二桃洗濯足水中，持啖二人。時中與子方不食，以其置案上者，人持一顆去。曰：公洗者其自享之，無以二桃污三士也！乃大笑而去。其曲以水仙子四支負盛名。自序云：若把西湖比西子，淡妝濃抹總相宜，玉局翁詩也。填詞者，竊其意，演作世所傳唱水仙子四首。仍以西施二字為斷章，盛行歌樓樂肆間。每悔其不能佳也。且意西湖西子，有秦無人之感。崧農有樵者聞而試之，即以春夏秋冬賦四章命之，曰西湖四時漁歌。共約首句韻以兒字，時字為之次；西施二字為句絕，然後一洗而空之。邀同賦，謹如約：

一曰：湖山堂下鬥竿兒，爛縵韶華三月時，朝來風雨催春事，把鶯花攛斷死，映蘇堤紅綠參差淺，絳雪緘桃萼嫩，黃金搓柳絲，風流呵！鬥草的西施。

其二曰：蝦鬚簾捲水亭兒，玉枕桃笙睡起時，荷香勾引薰風至，掬清漣雪藕絲嫩，涼生壁月瓊月枝，鸞刀切銀絲膾蟻，香浮碧玉卮，受用呵！避暑的西施。

其三曰：西風逗人北窗兒，一扇新涼暑退時，白蘋紅蓼多情思，寫秋光無限詩占，平湖樹抹胭脂雲，擁扇青搖柄，粟飄香金綴枝，快活呵！玩月的西施。

其四曰：梅花初試膽瓶兒，正是逋郎得句時，同雲把斷山中寺，軟香塵不到此怯，清寒林下風姿侵，素體添肌粟，妒雲鬟老鬢絲，清絕呵！賞雪的西施。

任昱，字則明，四明人。少年狎游平康，以小樂章流布裙釵，多見於樂府群玉，〔紅繡鞋〕春情，自是名制。詞云：

暗朱箔雨寒風峭，試羅衣玉減香銷，落花時節怨良宵，銀台燈影淡，繡枕淚痕交，團圓春夢少。

錢霖，字子雲，松江人。棄俗為黃冠，更名抱素，號素庵。有《醉邊餘興》。語極工巧，有〔清江引〕四支甚佳：

曰：夢回晝長，簾半捲，門掩荼蘼，院蛛絲，掛柳綿燕咀粘花片，啼鶯一聲春去遠。

曰：高歌一壺新釀酒，睡足蜂衙後，雲深鶴夢寒石老，松花瘦不如五株門外柳。

曰：春歸牡丹花下土，唱徹鶯啼戴勝雨，餘桑謝豹煙中樹，人閑晝長深院宇。

曰：恩情已隨紈扇歇，攢到愁時節，醒桐一葉秋砧杵，千家月。多的是幾聲兒簷外鐵。

顧德潤，字均澤，道號九山，亦松江人也。有《九山樂府》。《正音譜》評其詞曰：雪中喬木。

〔中呂醉高歌〕云：

長江遠映青山，回首難窮望眼，扁舟來往蒹葭岸，煙鎖雲林又晚。

曾瑞，字褐夫，大興人。喜南國才士之多，遂移家錢塘。有《詩酒餘音》行世。〔一枝花〕春思云：

春風眼底思，夜月心間事，玉簫鸞鳳曲，金縷鷓鴣詞，燕子鶯兒殢，殺尋芳使合歡連理枝，我為你盼望著楚雨湘雲，擔閣了朝經暮史。

〔梁州第七〕你為我堆寶髻，羞盤鳳翅。淡朱唇懶注胭脂，東君有意偷窺視。翠鸞尋夢，彩扇題詩，花箋寫怨，錦字傳詞。包藏著無限相思，思量殺可意人兒，幾時得靠紗窗偷轉秋波，幾時得整雲鬟輕舒玉指，幾時得倚東風咲撚花枝，新婚燕爾到如今，拋閃的人獨自你那點志誠，心有誰似，休把那海誓山盟作戲詞，相會何時？

〔尾聲〕斷腸詞寫就龍蛇字，疊做同心方，勝兒百拜嬌姿。謹傳示，間別了許時，這關心話兒盡在這殢雨，尤雲半張紙。

頗極低徊之致，想見灑然如神仙中人。之數子者，或偏於清麗、或偏於端謹。臨川人陳克明美人八詠〔一半兒〕，香奩體之大作手也。其筆致亦未能出乎此，於戲小山、夢符，不謂之為元曲冠冕烏乎可。與希孟最想近者，厥為汪元亨。元亨，字雲林，官學士。有《雲林清賞》、《小隱餘音》。〔醉太平〕歸隱，多逾百闋。有曰：

辭龍樓鳳闕，納象簡烏靴。棟樑材取次盡摧折，況竹頭木屑。結知心朋友著疼熱，遇忘杯詩酒追歡悅。見傷情光景放癡呆。老先生醉也。

儼然曲中之淵明，非徒作黃冠語也，明之史忠劉效祖多有和者；劉庭信，南台御史，劉廷翰族弟，俗呼為黑劉五。《正音譜》評其詞如摩雲老鶻；其〔水仙子〕云：

秋風颯颯撼蒼梧，秋雨灑灑響翠竹，夥雲黯黯迷煙樹，三般兒一樣苦。苦的人魂魂全無，雲結就心間，愁悶雨好，似眼中淚珠，風做了口內長吁。

果然氣若摩雲也。

鍾嗣成，字繼先。號醜齋，汴人。累試，有司命不克遇；從吏，則有司不能辟。亦不屑，就因作《錄鬼簿》二卷，以寄意。上卷，記前輩才士有雜劇者。略記姓字、爵里及劇碼；下卷，則記並世才士。各作一小傳，記其劇目。又作〔凌波曲〕吊之，蓋亦風雅好事者也。《正音譜》評其詞：如騰空寶氣。

〔醉太平〕云：俺是悲天院下司，俺是劉九兒宗枝。鄭元和俺當日拜為師，傳留下蓮花落稿子。搠竹枝遶遍鶯花市，提灰筆寫就鴛鴦字，打爻槌唱會鷓鴣詞，窮不了俺風流敬思。

間亦有委婉幽倩之作，如〔清江引〕詠情云：

昨天話兒說甚的，今日都翻悔，直憑鐵心腸，不管人憔悴，下場頭送了我都是你。

至醜齋自序套，則又詼諧可寶矣：

〔一枝花〕生居天地間，稟受陰陽氣，既為男子體，須入壯俗機，樂事堪宜，件件可咱家意，為評跋惹是非，折莫煞舊友新知，才見了著人哄起。

〔梁州〕我為這外貌兒不中抬舉，因此上內才兒不得便，半生未得文章力，空自古胸藏錦繡，口吐珠璣，只爭奈灰容土貌缸齒重，頤又兼著細眼單眉人中短，髭鬚稀稀那裏陳，平般冠玉精神何宴般風流面皮，那裏取潘安般俊俏容儀，自知就裏，清晨倦把青鸞對，恨煞爹娘不爭氣，有一日黃榜招收醜陋的，準擬奪魁。

〔隔尾〕有時，軟烏紗抓紮起鑽天髻，乾皂靴出落著簌地衣向晚乘閒後門立猛可的笑起似一個甚的恰便似見世鍾馗號不殺鬼〔牧洲關〕冠不正相知罪，貌不揚怨恨誰？那裏尊瞻視貌招威枕上尋思心頭。怒起空長三十歲，暗相九十回，恰便似水上節離鎊鋸。胎中疾沒藥醫

〔賀新郎〕世間能走的不能飛，饒你千件千宜，百伶百俐，閒中解盡其中意，黑暗地自憑解釋，倦閒遊出塞臨池臨池魚恐墜，出塞雁驚飛入園林，宿鳥應回避，生前離入盡死後不留題隔尾寫神的要得丹青意不怕你巧筆難傳造化機不打草兩般兒可罔類法刀鞘依著格式妝鬼的添上咀角眼巧何須做樣比。

〔哭皇天〕饒你有拿雲藝沖霄計，誅龍局段打鳳機，近來論世態，世態有高低，有錢的高貴，無錢的低微，那裏問風流子弟折朱顏，如灌口貌，賽神仙洞賓出世，宋玉重生，沒答子饅的夢，撒了寮丁他采你不見得枉自論黃數黑、談說是非。

〔烏夜啼〕一個斬蛟龍秀士，為高第升堂室，今古誰及了個射金錢武士，為夫婿韜略無敵，武藝深知醜和好，自有是和非，文共武便是傍州例，有鑒識無嗔諱自花白寸心不昧，若說謊上帝應知。

〔收尾〕常記的半窗夜雨燈初昧，一枕秋夢未回，見一人請相會，道咱家必高貴，既通儒又通吏；既通疏又精細。一時間失商議，既成形，悔不及我教你，請俸給子孫多，夫婦宜貨充盈倉廩

實，祿福增壽笑齊，我特來告你知，暫相別恕情罪，歎息了幾聲，懊悔了一會，覺來時記得，記得是誰，元來是不做美，當年的捏胎鬼。

馮子振，字海粟，攸州人。博洽經史，嘗著〈居庸賦〉，首尾幾五千言，閎衍鉅麗。自號怪怪道人，金華宋濂曰：海粟馮公，以博學英詞名於時。當其酒酣氣豪，橫厲奮發，一揮萬餘言。少亦不下數千言，真一世之雄也。所為〈鸚鵡曲〉最著。自序曰：白無咎有〈鸚鵡曲〉云：「儂家鸚鵡洲邊住，是個不識字漁父，浪花中一葉扁舟，睡煞江南煙雨覺，來時滿眼青山，抖擻綠蓑歸去，算從前錯怨天公，甚也有安排我處」。余壬寅歲，留上京，有伶婦御園秀之屬，想從風雪中，恨此曲無續之者。且謂前後多親炙，士大夫拘於韻度，如第一個「父」字，便難下語。又「甚也有安排我處」，「甚」字必須去聲字，「我」字必須上聲字，音律始諧，不然不可歌。此一節又難下語，諸公舉酒索余和之，以汴吳上都天京風景試續之。

予最愛其〈故國歸計〉云：

重來京國多時住，恰做了白髮傖父。十年枕上家山，負我湘煙瀟雨。

〈斷迴腸〉一首：陽關早晚，馬頭南去，對吳山結個茅庵，畫不盡西湖巧處。

戛戛獨造，詞氣勁遒。

周文質，字仲彬。其先建德人，後居杭州。《正音譜》評其詞：如平原孤隼。嘗見自歎〔叨叨令〕云：

築牆的曾入高宗夢，釣魚的也應飛熊夢，受貧的是個淒涼夢，做官的是個繁華夢，笑煞人也麼哥，笑煞人也麼哥，夢中又說人間夢。

鄧玉賓《正音譜》評其詞，如幽谷芳蘭，實則氣象恢宏。與希孟之徒為近。如道情〔叨叨令〕云：

一個空皮囊包裹著千重氣，一個乾骷髏頂戴著十分罪，為兒女使盡拖刀計，為家私費盡擔山力，你省的也末哥，你省的也末哥，這一個長生道理何人會。

高克禮，字敬德，號秋泉。小曲樂府極工。或謂：字敬臣，河間人。蔭官至慶元禮官，有政聲。簡淡，自處，名於時（見《元詩選》）。所作，如〔黃薔薇帶慶元貞〕譜天寶遺事云：

又不曾看生見長，便這般割肚牽腸。喚奶乳酪子賜賞，撮醋醋孩兒也弄璋。斷送他瀟瀟鞍馬出咸陽，只因他重重恩愛在昭陽，引惹得紛紛戈戟鬧漁陽。呀，三郎！睡海棠，都只為一曲舞霓裳。

阿魯威，字叔重。號東泉，蒙古人。《正音譜》評其詞：如鶴唳長空。如〔落梅風〕云：

千年態，一旦空，惟有紙錢灰晚風吹送。盡蜀鵑啼血煙樹中，喚不回一場春夢。

此等小令，出之以豪邁，是變調也。

嚴忠濟，實之次子，元史有傳。其〔天淨紗〕云：

寧可少活十年，休得一日無權。大丈夫時乖命蹇。有朝一日天從人願，賽田文養客三千。

頗有杜陵大廈之意。之數子者，手意近辣。吐屬滂沛，非特沁人心脾已也。

三派名手，略如上方，尚未能竟其什一。他如以套曲名者，有：朱庭玉、睢景臣及其子、玄明、庾天錫、孛羅、宋方壺、李子中、徐琬、滕斌、李泂班、惟志、趙彥暉、沙正卿（卿一作學）侯克中、五仲誠、孔文卿、康進之、呂天用、蕭德潤（蕭一作黃）馬彥良、狄君厚、程景初、李邦基，餘略。而盍志學、張鳴善、奧敦周卿、趙善慶、曹明善、鮮於必仁、吳弘道、李愛山、孫周卿、吳西逸、趙顯宏、李伯瞻、馬九皋、李致遠、王元鼎、衛立中、王敬甫、陳德和、景元啟（景或作栗）張子堅、呂止庵（庵或作軒）、薛昂夫、丘士元、商挺、馬謙齋、查德卿、趙禎、李德載、高栻，餘略，諸家令曲並有足觀。然大都不入於場，則入於墨。未能離乎謹、麗、豪三者也。有元曲學之盛，於茲昭然。嘗鼎一臠，惜未能詳盡之耳。

王國維曰：曲家多限於一地。元初，製雜劇者（前按：散曲亦然），不出燕、齊、晉、豫四省。而燕人又占十之八九。中葉以後，則江浙人代興，而浙人又占十之七八。即北人，如鄭德輝、喬夢符、曾瑞卿、秦簡夫、鍾醜齋輩，皆吾浙寓公也（見《曲錄餘談》）。予嘗據楊氏二選，其間湖上之詞，一百一十餘首，胡生世玉所統計者，小山〈蘇堤漁唱〉、夢符西湖〈梧葉兒〉百首。並以湖名，可知西湖為散曲之中心。僑居於此，遊賞於此，歌詠於此。西湖與元曲，同此不朽矣！予《飲虹曲話》嘗表而出之。鑒泉《說詩韻語》有「北人南客合剛柔」之句，此大可例之於曲。北莫北於畏吾，而貫雲石終老江南，故其曲兼有剛柔之勝。治元之散曲者，不可不知焉。

第三、明曲前後兩時期

余於《飲虹曲話》嘗言之，元以後有明曲，猶唐以後有宋詩。明承元曲之遺而變之，亦猶宋承唐詩之遺而變之。孰謂唐後便無詩，元後便無曲邪？雖然明之於曲，固有異乎宋之於詩也。曲至於明，就文辭言，不如以聲音言。蓋崑腔之製作，其影響於曲也。匪鮮崑腔以前，猶存北曲。崑腔以後，所謂南詞者，取北曲之地位而代之。於是非崑元曲之舊觀矣。是論明曲，必以崑腔為界。分別前後兩期，亦足覘此道之升降，匪徒為論列之便而已。

涵虛子以王子一、劉東生、王文昌、谷子敬、芳楚茅、陳克明、李唐賓、穆仲義、湯舜民、賈仲名、楊景言、蘇復之、楊彥華、楊文奎、夏均政、唐以初，為明初十六家。其稱最於散曲，惟湯舜民。舜民，名式。號菊莊，四明人。獨有五十餘套，其餘皆數套耳，未足稱作家也。舜民之小令，豪放清麗兼有之。而套曲，偏於端謹。今中如〔折桂令〕用重句體，云：

冷遲清清人在西廂，叫一聲張郎，罵一聲張郎。亂紛紛花落東牆，問一會紅娘，絮一會紅娘。枕兒餘衾兒剩，溫一半繡床，閑一半繡床。月兒斜風兒細，開一扇紗窗，掩一扇紗窗。蕩悠悠夢繞高唐，縈一寸柔腸，斷一寸柔腸。

何其婉妙也。又，書懷示友人〔商調‧山坡羊〕二首。

其一云：田園荒廢，箕裘陵替，桃源有路難尋覓。典鷫衣，舉螺杯，酕醄醉了囫圇睡。啼鳥一聲驚覺起，悲也未知，喜也未知！

其二云：驅馳何甚，乖離忒恁，風波猶自連頭浸。自沈吟，莫追尋，田文近日多門禁。炎涼本來一寸心，親也自您，疏也自您（並見《樂府群珠》）。

何其抗爽也！

周憲王（朱有燉），以貴胄之尊，耽文藝之樂。郁藍生《曲品》所謂：色天散聖樂，國飛仙嗣出。天潢才分月露者，且以遭世隆平。勤學好古，留心翰墨。製《誠齋樂府》雜劇傳奇，不下三十種。音律諧美，流傳內府。中原弦索，多有用其新詞者。李夢陽〈汴中元宵〉絕句云：中元孺子倚新妝，趙女燕姬總擅場；齊唱憲王新樂府，金梁橋外月如霜。所為散曲亦名《誠齋樂府》有宣德九年刊本，小令二百六十九首。大抵工穩者多，翻騰者少。如夜避暑醉中戲作〔商調‧山坡羊〕云：長天炎熱，水心亭榭，乘涼避暑更深夜。漏未絕，月半斜，筵前尊俎重羅列。放疏狂，吃得金甕竭。翕沈醉也歇，且慢者亦悠然。自適之詞也。朱明之初，曲人咸集於金陵，猶元代之西湖。周暉《金陵瑣事》有《曲品》一卷，縷列曲家，都三十人。可見當時詞風之盛焉。《曲品》云：馬俊小令，不減元人（按：俊，字惟秀，號訥軒）。史癡，工小令。陳全，秀才。有樂府行於世。無詞家大學問，但工於嘲罵而已。陳鐸，字大聲，有《秋碧樂府》、《梨雲寄傲》、《公餘漫興》行於世。詠閨〔三弄梅花〕一闋，頗稱作家。所為散套，穩協流麗。被之絲竹，審宮節羽，不差毫末。徐霖，字子仁。少年數游狹邪。所填南北詞，大有才情。語語入律，妓家皆崇奉之。吳中文徵仲，題畫寄徐有句云：樂府新傳桃葉渡，彩毫遍寫薛濤箋。迺實錄也。武宗南狩時，伶人臧賢薦之於上。令填新曲，武宗極喜之。余所見《戲文繡襦》、《三元梅花留鞵》、《枕中種瓜》、《兩團圓》，數種行於世。陳魯南有《善知識苦海回頭記》行於世，人最膾炙者《梅花序》。羅子修《雪詞》絕妙。盛鸞有《貽拙堂樂府》二卷。邢太常一鳳，字伯羽。所填南北詞最新妥，堪入弦索。鄭仕，字子學，工小令。胡懋禮有《紅線雜劇》最妙。同時吳中梁辰魚亦有《紅線雜劇》膾炙人口。較之懋禮者，當退三舍。杜大成，工小令。有《詞評》壹卷，名《納涼偶筆》。金鑾，字在衡，有《蕭爽齋樂府》最是作家。華亭何良俊，號為知音。常云：每聽在衡誦小曲一篇，令人絕倒。吉山王逢元，最是詞曲當家。沈幹峰越，工小令。鐵面御史能作風流軟，媚語賦梅花者，豈獨宋廣平乎！盛壺軒敏耕，工小令。石樓高志學，秀才，工小令。段炳，字虎臣，秀才。和元人馬東籬〈百歲光陰〉一套。金在衡見之極口讚賞曰：押如此險韻，乃得如此妥貼乎，足以壓倒東籬！張四維，字治卿，號五山秀才。有《溪上閒情集》藏於家。友人刊其《變烈記》、《章台柳》兩種戲文行之。黃方胤有《陌花軒小詞》。沈恩，江寧人，字復之。晚得一第，官止深州學正。司馬西虹稱其工樂府云滏。按，西虹亦自著有《龍廣山人小令》。黃文元，名開第，馮海浮門人，工小令。汪肇邰，名宗姬，有傳奇行於世。武陵仙史，工小令。皮元素，名光湆，最是作家。徐惺宇，名維敬，工小令。孫幼如起都，工小令。黃疇鳳，名戍儒，小令最工。趙獻之，工小令，家有女戲一班。陳藎卿所聞，工樂府，《濠上齋樂府》外，尚有八種傳奇：《獅吼》、《長生》、《青梅》、《威鳳》、《同昇》、《飛魚》、《彩舟》、《種玉》。今書坊，汪廷訥皆刻為已作。余憐陳之苦心，特為拈出云云。就中以陳鐸、金鑾、陳所聞三家為一時冠冕，鬱藍生所謂：陳秋碧南音嘹喨，金白嶼響振江南，陳散人高蹤煙壑者也。鐸，本將家子。周暉嘗記其逸事，至堪發噱，曰：指揮陳鐸以詞曲馳名，偶因衛事，謁魏國公於本府。徐公問可是能詞曲之陳鐸乎？陳應之曰：是。又問，能唱乎？陳遂袖中取出牙版，高歌一曲，徐公揮之去。迺曰：陳鐸金帶指揮，不與朝廷作事，牙版隨身，何其卑也！（見《金陵瑣事》。）所作惟《秋碧軒》稿《梨雲寄傲》今尚存。《公餘漫興》一種，殆已失傳矣！其雙調〔胡十八〕。

一曰：天生下俏臉兒所事的。又相稱道：傾國是傾城，腰肢嫋娜步輕盈。半晌家定睛，越教人動情，模樣兒都記得，悔不曾問姓名。

一曰：方說些好話兒，烘的半臉兒，變道不本分，使閒錢，伏低做小。索從權跪在他面前，曲膝似軟綿，所事兒不敢說，一千個可憐見。

情思蓊蘢，語甚可誦，第其品格，未臻上乘耳。又，〔正宮・小梁州〕：

碧紗窗外月兒孤，雨雨啼烏枕寒衾，剩夜何如愁難度，風露下高梧秋聲苦，把人欺負但合眼，好夢全無整翠鬟，開朱戶瑤堦閒步，惟賴影兒扶余。

亦賞其清雋。王元美曰：大聲所為散套，既多蹈襲，亦淺才情。然字句流麗，可入弦索。此評殊不當。其套數，如〔中呂・粉蝶兒賞桂花〕云：

萬斛秋香，想靈根產來天上。下瑤階白露生涼，玉葳蕤，金爛熳，滿枝爭放。茜紫妖黃，花一名種分三樣。

〔醉春風〕銀漢月華明，清秋天氣爽。只愁風雨近垂楊，及早裏賞賞在曲角闌邊。太湖石畔，綠陰亭上。

〔迎仙客〕且不索張代讌列紅妝，受西風半教簾幙敞。月在天，酒在觴，對著瀟灑風光，一弄兒詩人況。

〔紅繡鞋〕太白有沖天豪放，淵明有傲世清狂。花月娛人不能雙采，石月無花芺彭澤。菊帶霜寒愛良宵令勝往。

〔普天樂〕玉闌遮，銀屏障，遊蜂謾采浪蝶休忙。千花吐異芬，四出呈新樣，舉酒高歌花相向。把花神仔細端詳，端的是香清似麝蘭。色嬌如金粉，品壓盡群芳。

〔石榴花〕想牡丹聲價重花王，可憐春去太匆忙。漫山桃李總尋常，江梅有暗香，冷落在溪傍。

想芙蓉幾樹秋江上，淒涼殺遠水斜陽，浮名在眼身無恙。我這裏痛飲待何妨？

〔鬥鵪鶉〕愛的是細蕊雲稠，喜則喜繁枝翠穰，見如今露冷天寒，正值著風清月朗，拚著個酩酊花前醉幾場，盡教人笑我狂，或是秉燭通宵，或是憑闌半晌。

〔上小樓〕不是我詞華過獎，不是我心情偏向，想起那好竹玉獻，愛蓮周子，採藥劉郎。爭如我對月忘憂，折桂無心，看花想像，任清風不教多讓。

〔么篇〕我風味別，興趣長。香惹烏紗，香襲書帷，香沁羅裳，花下閑眠。花外徐吟，花前凝望，受用足淺斟低唱。

〔滿庭芳〕煙滋露養，根深蒂固，葉茂枝昌。廣寒宮闕高千丈，覓浮槎怎泝銀潢。全不許鶯喧燕嚷，只疑是鳳翥鸞翔，想凡卉多般樣，有濃妝豔妝，爭如他正色占中央。

〔十二月〕使不著吳剛伎倆，用不著韓壽心腸，待學賦淮南招隱。說甚麼竇氏遺芳，正近著秋吟緣牕，寫幽情費盡了思量。

〔堯民歌〕這答兒賽杜陵流水浣花堂，勝裴公綠野午橋莊。疏英瑣碎月昏黃，冷香飄蕩露清涼，更長，更長漏轉長，坐到斗柄西樓上。

〔耍孩兒〕丹青巧筆難形狀，不似那閑花朵三三兩兩。一團清氣暗包藏，倩西風簇就金囊。分來月窟千季秀，奪盡東籬一片香，自一種超凡像。便休提櫻唇點紫，宮額塗黃。

〔四煞〕嫩枝柯含細雨，舊根基培沃壤，歲寒不改長興旺。幽叢未肯依窮穀，仙跡合教貯粉牆，志節真高尚。論交少等定，價難償。

〔三煞〕花憐人似有情，人惜花勞稽顙。淺黃淡白閒摹彷，密攢玉椮連枝巧。斜妥金釵一股長，無語空惆悵。難留花事，易老韶光。

〔一煞〕未安排賞玩心，先習學栽種方，頻收新蕊歸佳釀，靜陪明月清塵夢，遠逐涼飆入醉鄉。聽畫角聲悲愴，正蛩吟啾唧，煙靄蒼茫。

〔尾聲〕清香自護持，知音誰過訪？夜深時只恐嫦娥降，則聽得環珮珊珊在半空裏響。

洋洋纚纚，何嘗有蹈襲之嫌耶！白嶼之《蕭爽齋樂府》流傳最遠。其嘲弄小調，讀之誠令人解頤。如《瑣南枝集》常言八首，無一不妙。

其一云：浮皮兒好，外面兒光，頭髮梢兒裏使貫香，多大個倈兒也來學，沖像那些個：揑著疼，爬著癢，頭上敲，腳下響。

其二云：堅如石，冷似冰，識不透你心腸兒橫，豎生只管裏滿口胡柴，倒把人拴縛定，誰撇虛，誰志誠，人的名，樹的影。

其三云：當不的，取算不的，包過的橋來還折橋，動不動熟臉子搶白，冷鍋裏豆兒炮，不是煎，便是炒，瓜兒多，子兒少。

其四云：面不是面，油不是油，鴨彈裏還來尋骨頭，瘦殺的羔兒，他是塊真羊肉，見面的情，背地裏口，不聽升，只聽斗。

其五云：閒言來嗑野話兒，劖偷咀的貓兒分外饞，只管裏嚇鬼瞞神，吃的明鑒不的，暗搭上了他，瞞定了俺，七個頭，八個膽。
其六云：長三丈橫八尺，說來的話兒葫蘆提，每日家帶醉佯，醒沒氣的還尋氣，假若你瞞了心昧了已，一尺天，一尺地。
其七云：心腸兒窄，性氣兒粗，聽的風來就是雨，尚兀自撥火挑燈，一密裏添鹽加醋，前怕狼後怕虎，篩破的鑼，擂破的鼓。
其八云：撒甚麼咯，賣甚乖，三尺門兒難自開，把我那一提恩情都洋做黄虀菜，說著不聽，罵著不采，山不移，性不改。

知吾鄉諺語者見之，而不掩口者，余不信也。又，〔滿庭芳〕淮上追吳厚丘至揚州戲作云：

我你和西湖分手，實指望平和橋下同上蘭舟，誰知解纜爭先後，早來到寶應灣頭，又被你幾篙子撐離了界首，一篷風使過了高郵，我這裏望著露筋廟，無昏晝，沿著邵伯湖邊兒逕走，只趕到揚州。

知淮上路徑者，見之欲不捧腹，不可得也。閨情〔河西六娘子〕八首亦集中名作。余尤愛其第一首云：

海棠陰，輕閃過，鳳頭釵，沒人處款款行來好風兒，不住的吹羅帶，猜也麼猜，待說口難開，待動手難抬，淚點兒和衣暗暗的揩。

其清麗處，元曲中所不多見。王元美曰：白嶼諸作頗是當家，為北里所賞。萬曆間，汪廷訥輯四詞宗，《蕭爽齋》其一也。套曲亦多有可取。茲錄送汪小村歸廣陵〔仙呂・點絳唇〕云：

四海高情，五湖佳興，詩中景都收入，半捲丹青落魄煞，拍手歌隨心令。

〔混江龍〕他可也樂天知命，不通姓字，不貪名，漁樵故侶鷗鷺閒盟歡，樂較多，愁較少，道情為重，利為輕，常則是棋枰藥，裏清，頌茶經廝徯倖，滿面兒春風和氣，秋水澄清。

〔天下樂〕落得個半世青袍白髮生，想著他前程水上萍，暢好是哭窮阮步兵。才看破眼角兒，怕待睜，慣轉動腳跟兒，怕待行，剛溫熱心腸兒，怕待冷。

〔哪吒令〕想著他與風雲狀，形筆精右丞，托江山寄情，詩工少陵，今日個困林泉，此生氣消彌衡，甘守著原憲貧，枉耽了相如病，兀自惺惺。

〔鵲踏枝〕愛你個老先生最多情，不忘了十載交遊，又無甚千里途程，駕著個苕溪小艇來訪我，曲水閑亭。

〔寄生草〕只把你為平仲休猜咱是管寧我和你五侯七貴曾相並，九衢六市閒相競，千紅萬紫爭相勝，還只待新篘，一醉洞庭春，誰承望故人三疊陽關令。

〔么篇〕漸漸的秋容改，看看的暮景生，我只見半天殘照，風帆正數聲短笛，漁舟橫霎時間，一江涼月蘆花映，明朝騎鶴上揚州，何時載酒來陶徑。

〔六么序〕聽落葉千林響，正潮回，兩岸平，最相關此際離情，你可門曾掩，孤檠漏，下三更，尚兀自擁寒情衾，夢繞金陵，我這裏愁，心況複逢病衰，怎禁他一片秋聲，芙蓉未老霜花冷，涼飆漸起殘月猶明。

〔賺煞〕還將來歲盟，重與今宵訂，須記得江南風景，切莫教霜雁影等閒，閒花老鶯聲錦層，水秀山明依舊，王孫芳草青，折莫你樓書，摛星題橋廣陵，你可也遙想著莫愁湖畔石頭城。

又，送吳懷梅歸歙〔雙調・新水令〕云：

暖風芳草遍天涯，帶滄江遠山，一抹六朝隄畔柳，二月寺邊花。

〔駐馬聽〕少日豪華，狼藉千金頻，試馬中年身價，飄零數載遠移家，岩頭空自老桑麻，眼前那得辭婚嫁，鎮流連無半霎，赤緊的歸心，漸遠都門下。

〔雁兒落〕我則見西風雙槳划落，□孤帆掛，鶯聲巧似簧山，色明如畫。

〔得勝令〕坐對著野水漾晴沙，老樹噪昏鴉，極浦招漁艇，前村問酒家，行咱客舍逢初夏，看咱長天映晚霞。

〔川撥棹〕我和你舊情洽，鬧場兒閒戲耍，你可甚判柳評花，喚酒呼茶，嫩蕊奇葩，翠袖紅牙，別一個襟懷瀟灑，笑春風雨鬢華。

〔七弟兄〕折莫你敬咱愛咱，總非他只為我慣風情不在他人下，弄風騷羞向外人誇，逞風流一，任旁人罵。

〔梅花酒〕你那裏風景佳，有萬頃霞，誦一煙，卷南華就九轉丹砂，栽兩行陶令柳，種幾畝邵平瓜，這搭兒快活殺，有一日臨帝闕載仙槎，乘彩鳳握黃麻，方顯得秀才家，高聲價，收江南溶溶月色上簷牙，趁著個離離花過窗影紗，幾能夠笑沽春酒到君家，煮玉川細茶，下陳蕃舊榻，我和你再將幽恨訴琵琶。

〔南南呂・梧桐樹〕生來灑落懷，還盡風流債，酒友詩朋一任誇，豪邁鶯期與燕約，總是春拖帶，蝶夢與蜂魂，枉被花禁害，麗春園贏得名在。

〔北罵玉郎〕閒來一枕青山外，甚的是南柳市北街，見而今白雲久隔，紅塵陌糊塗了三百杯，打熬出三萬場超脫盡三千界。

〔南東歐令〕閑亭榭小樓臺，半畝芳塘一鑒開，好山似畫溪，帶妝點出煙霞寨，桃花流水遍天臺，切莫引人來世。

〔北感皇恩〕盡著他春去秋來，霧鎖雲埋，吟不就杜陵詩，寫不出王維畫，賦不盡子雲才，自然鋪敘誰與安排，清風振麗澤，堂淡煙生水，竹塢明月滿桂蘭，齋南浣溪沙鶴淚，中猿啼外，剛一個幽雅襟懷，不爭你玲瓏剔透疏狂態，雪月風花錦繡排，無處買這的是洛陽隄上壽春莊，有人緣野重開北採茶歌青松嶺手親栽綠荷裳手親裁陶潛元是舊彭澤落得個日出三竿殘睡醒少甚麼月明千里故人來。

〔南尾聲〕酒□行歌，一派紫藤鳩杖白芒鞋，隨處春風不用買。

蓋卿《濠上齋樂府》已失傳。余嘗據其《南宮詞紀》輯錄成集。所作似未能與大聲、白嶼相抗。然所錄《兩宮詞紀元明散曲》，賴以流傳，功亦不可沒焉！嘗論曲云：凡曲忌陳腐，尤忌深晦。忌率易，尤忌牽澀。下里之歌，殊不馴雅。文士爭奇炫博，益非當行。大都詞欲藻，意欲纖，用事欲典，豐腴綿密，流麗清圓。令歌者不噎於喉，聽者大快於耳，斯為上乘。予所選有豪爽者，有雋逸者，有淒惋者，有詼諧者。總之，錦繡為質，聲調合符。體貼人情委曲，必盡描寫物態，彷彿如生（見《南北宮詞紀凡例》）。而顧曲散人評其曲曰：蓋卿思路不幻，故小令少趣。大套亦不長於閨情。惟贈人之作，鋪敘乃其勝場（見《太霞新奏》中）。此語殊嫌太過，如閶門夜泊〔駐馬聽〕云：

風雨蕭然，寒入姑蘇夜泊船。市喧才寂，潮夕還生，鐘韻俄傳。烏啼不管旅愁牽，夢回偏怪家山遠，搖落江天。喜的是篷窗曙色，透來一線。

可以當得流麗清圓四字矣！至〔玉芙蓉〕詠針云：

我愛他形容細又圓，怎說得分兩輕還賤？往常時刺鴛鴦費盡鑽研。寸腸鐵硬曾經練，小眼星昏望欲穿。燈兒下，憑誰可憐，只落得繡床月冷一絲牽。

是孰能謂其思路不幻，而少趣也？此外，金陵曲人尚有史忠嚮。少知者用，特表之，以存吾鄉詞林掌故焉。史癡，名忠。字端本，一字廷直。複姓為徐生，十有七歲方能言。外呆中慧，人皆以癡呼之，又謂之癡仙。性卓犖不羈，好披白布袍，方斗戴笠，鬢邊插花。坐牛背鼓掌謳吟，往來市井，旁若無人。詩寫自己胸次，不以煆練為工。盛仲交，合金元玉之詩，編為江南二隱稿。喜畫山水人物，花木竹石。有雲行水湧之趣，不可以筆墨畦求之。自題其畫云：名畫法書無識者，良金美玉恍精神；世間縱有空青賣，百斛難醫眼內塵。才情長於樂府新聲，每搦筆乘興書之，略不搆思，或五六十曲，或百曲方擱筆。同時，陳大聲、徐子仁，皆以詞曲名家。亦服其敏速，妙解音律，嘗云：古今知音者不過數人。余少年游冶，得罪儒門。乃於此事目擊，心悟頗窺見一斑。雪江湯寶邳州衛，指揮雄武有文藝；愛與騷人墨客遊，嘗以有事來金陵。聞癡翁之名，夜造其門。盛暑，癡翁散髮披襟，捉蒲葵扇而出，握手歡甚。不告家人，即登舟遊邳去。癡翁無嗣，一女既笄婿，貧不能娶。與婿約，元夜略具隻雞斗酒，我當過飲，至元夜，誑其妻與女曰：家家走橋，人人看燈，曷亦隨俗可。笠攜妻與女送至婿家，取笑而別。後補女妝奩，大半是平生詩畫耳。家世饒於資，不問生產。又復好施，晚年家用閒乏。有妻弟寡婦，自徐州攜四男二女來依癡翁，欣然養之。凡書畫器用，素所鍾情不能捨者，盡鬻之，以供朝夕。略不介意，人多義之。妻朱氏，號樂清道人，頗賢淑。愛姬姓何，號白雲。聰敏解事，喜畫小景，工篆書，知音律。癡翁尋兩京絕手琵琶張，祿授之，盡得其妙。每制一曲，即命白雲被之於弦索。所居在冶城，去卞忠烈廟百餘步。有臥癡樓，樓中几筆案、硯、圖書、彝鼎、香茗。飲食一一精良、雅潔。吳中楊吏部循吉，與之作〈臥癡樓記〉。吳小仙畫癡翁一小像，沈石田贊之云：眼角低、垂鼻孔，仰露傍若無人。

高歌闊步，玩世滑稽。風顛月癡，灑墨淋漓。水走山飛，狂耶？怪耶？眾問翁而不答，但瞪目視於高天也。相知具酒食，邀之作畫。癡翁且飲且畫，略不經意，頃刻數紙。酒醉則興愈豪，畫愈縱至，發狂大叫以自快。癡翁買舟，特訪沈啟南於吳中。到門，值啟南他往。見堂中有幀素絹，濡墨、搖筆成山水一幅。不題姓名而去，蒼頭請留姓名，癡翁笑曰：汝主人見畫即為神交，何必留姓名乎！啟南歸見其畫曰：吾閱人畫多矣，吳中無此人，非金陵史癡不能也。遣人四覓之，邀回，果是癡翁。相與一笑，留話堂中，三月而返。後啟南來京，多館於臥癡樓中。癡翁年八十餘尚康健，飲酒、步履如少壯人。預出一生殯，雜於親友中，送出聚寶門外。又知死期，無疾而終。余收癡翁詩畫一冊。癡自書於冊尾云：余年六十矣，髮白精神尚健。快閒處，終日高臥癡樓。爇香煮茗，四望皆遠山拱翠。飛鳥時鳴，不留繁雜之冗。靜觀自得，而與車塵馬足，了無所繫。於心貧處如常，足以樂矣。曰，有詩人文士往來，以詩酒為談笑，以風月為戲謔。弄筆作林木泉石，人以為債索，亦可笑也。吾妻樂清道人朱氏，亦年五十七矣。更索吾作戲墨，迺為圖。此若好奇博雅，求古者見之，則可發一胡盧耳。宏治丙辰十月十三日癡書（見《金陵瑣事》）。又史癡翁，詩不多傳。予藏鈔本一卷，王佩中撰序。尤以畫名，不拘家數。天機渾成，大率以韻勝。當沈石田重之，而真者絕少有。愛姬何玉仙，號白雲道人。聰慧，解篆書及小畫，知音律。求兩京絕手琵琶張祿，授以曲。癡為作詩云：白雲仙子本良家，癡老平生好琵琶。家在小倉山，有樓曰「臥癡」，其地有史墩焉。又云在望仙橋側，今居人表，其閭門曰：史癡翁故里。且謂橋名望仙，即翁之望玉仙云。未知孰是先大夫，得癡翁自繪臥癡樓圖。墨瀋淋漓，氣韻生動。上有題詞云：

臥癡樓靜悄，簞瓢巷清高；摶風弄影，那麄豪聲名不小。懶功名不受徵賢詔，揮金珠曾買吳娃笑，怕貪婪不入虎狼巢。老先生見了南川後裔，東海根基，少年不肯事輕肥，待埋蹤隱跡。怕勞神，不學拿雲藝；為怡情，博得摶風計；怕功名畢罷，上天梯；老先生見機無，炎寒故知有道義，山妻臥癡棲上足，幽棲樂窮通靜裏。怕紅塵，常把衡門閉。遠青雲，便把功名棄。喜光頭，懶把是非提，老先生悟矣！曲木草屋，粗布衣服，年年依樣畫葫蘆，伴高陽酒徒，閉著口不開言，惟恐傷世務。塞著耳，不聞聲，祗怕添心怒。撞著橛，不解纜，那個似堯夫。老先生感古。

正德改元，春日書逸情〔醉太平〕四首。此又槁中所未載者也（見《白下瑣言》）。前按：此〔醉太平〕四首，實脫胎於汪雲林。明初，能知偏於豪者，殊不可覯。大率為端謹之風所囿，稍後則迴笠別於此矣。乃有專家豪放之曲者，有專為清麗之曲者。豪放中又各有異，多用本色。擺脫當時習氣，而影響於後來者，惟康海。海，字德涵。號對山，武功人。弘治十五年狀元，授翰林院修撰，正德中落職。初，劉瑾恨李獻吉代韓尚書草疏，繫詔獄，必欲殺之。獻吉獄急出片紙曰：對山救我。秦人皆言，瑾恨不能致德涵。德涵往，獻吉可生也。德涵曰：吾何惜一官，不救李死！乃往謁瑾。瑾大喜，盛稱德涵真狀元，為關中增光。德涵曰：海何足言，今關中自有三才，古今稀少。瑾驚問曰：何也？德涵曰：老先生之功業、張尚書之政事、李郎中之文章。瑾曰：李郎中，非李夢陽乎？德涵曰：應則應矣。殺之，關中少一才矣！歡飲而罷。明日瑾奏上，赦李。瑾遂欲超拜吏部侍郎，德涵力辭之。乃寢及瑾敗，海亦落職為民。其義俠可以風世矣。有《沜東樂府》，嘗自序云：世恒言詩情，不似曲情，多非也。古曲與詩，同自樂府。作詩與曲，始歧而二矣。其實詩之變也，宋元以來，益變益異，遂有南詞北曲之分然。南詞主激越，其變也為流麗。北曲主慷慨，其變也為樸實。惟樸實，故聲有矩度，而難借。惟流麗，故唱得宛轉而易調。此二者，詞曲之定分也。予自謝事山居，客有過余者，輒以酒殽、聲妓隨之。往往因其聲以稽，其譜求能稍合，作始之意益尠。蓋沿襲之久，調以傳訛。而其辭又多出於樂工、市人之手。音節既乖，假借斯謬，經予有深惜焉。由是興之，所及亦輒有作，云云。余頗愛其答客〔沈醉東風〕云：

國史院咱曾視草，奸和正不必是提著。文書上恁樣來，條款裏偌般造，畫葫蘆難減分毫。但把丹心自繫牢，管甚麼零煎細炒。

又同調云：

裝幾車兒羊毛筆管，載幾車兒各樣花箋，鳳陽墨三兩，房天來大三台硯，請孔門弟子三千，一夜離情寫半年，添硯水盡都是離情淚點。

又〔仙呂月〕云：

高雲吞聲，寧耐欲說誰偢采，惹得旁人笑，招著他們怪，歡喜冤家分定，㑩纏害去不去，心頭恨了不了前生債，教我心上黃連苦自捱。

頗多北人本色，所作套曲如苦雨〔仙呂・點絳唇〕云：

苦雨透幰侵箔，把人斯虐何時了，徹夜滔滔綠水人家，繞混江龍不知昏曉，滴啼點點鬥寒蕉，愁心易感業眼難交，陰欄歧路蹭蹬漁樵，迷渡口黯林梢，崩岸谷漲波濤，吃緊的黃花寂寞東籬道，望不見三峰華嶽萬頃秋郊。

〔寄生草〕雲初淡，勢更驕，恍疑萬里長空棹，忽如萬井搖，天例驀然萬鶩平林落，旅魂香夢怎生堪，閨人嫠婦如何較呀，沒揣的封了山坳，忽刺的暗了市朝，便是廟堂中也戰篤速鬼哭神號，怎生的借劍誅蛟，破甑焚鴞，執簡乘鶴向天公細叩根苗。現如今千支死，閉了青陽兆，又不是潤春郊好雨如膏，良田一望皆池沼，家無四壁悶徹三焦。

〔么篇〕一會家揮毫劃度咲語兒曹，細和離騷，自酌香醪，強對佳餚，且把這難打蕩的情腸按著呀，驀然間又怎學忽地雲消。剗地煙交越，越的奮撼咆哮，簷花萬點，簷前深瀑，便是個鐵石人也魄散魂消，莫不是馮夷故把東洋倒，逐日家紛紛靄靄，溜溜漕漕。

〔後庭花煞〕陰晴數所遭，虧盈無定，約焰爨家家閉，萍蕪處處漂，怎生教封姨知道，霎時間層陰淨□見層霄。

《曲品》曰：康翰林絕技，矜莊良有以也。惟論者，或以對山貪多務博，究嫌欠翦裁。而用俗之處，往往為俗所累。且其中極熱、極怨而掩以解脫之語，時有捉衿露肘之感。全集不外憤世、樂閒兩類之作。志趣固非真如是之恬淡，以較元賢，蓋有間焉。雖然，此非康氏一人之咎也。王九思、李開先輩實啟其端。明人每祖王而抑康，殊不可解。九思，字敬夫。號渼陂，鄠縣人。

有《碧山新稿》、《續稿》。《曲品》所謂秦韻鏗鏘者。弘治丙辰，成進士授檢討。值劉瑾亂政，悉調部屬，敬夫仍得吏部。不數月，長文選。瑾敗，降壽州同知。其身世與對山相似，故曲境亦相近也。世傳敬夫之將填詞也，以厚貲募國工。杜門習學琵琶、三弦、熟案諸曲。盡其技，而後出之。故其詞雄放、奔肆。〔雙調・水仙子〕其最著者也，茲錄二首。

其一曰：

紫泥封不要淡文章，白糯酒偏宜小肚腸，碧山翁有甚高名望？也只是樂升平不妄想。聽濯纓一曲滄浪，瞻北闕心還壯，對南山，興轉狂，地久天長。

其二曰：

一拳打脫鳳凰籠，兩腳蹬開虎豹叢，單身撞出麒麟洞。望東華人亂擁，紫羅襴老盡英雄。參詳破邯鄲一夢，歎息殺商山四翁，思量起華嶽三峰。

王弇州謂：敬夫秀麗、雄爽，而望東華。兩語許為名語。伯良以為過情之論。然出於明人之手，亦無可厚非。李開先，字伯華。號中麓，章邱人。官至太常少卿。罷歸後，以詞曲娛老。文采風流，炤耀北國。錢牧齋云：伯華罷歸，治田產、蓄聲伎、徵歌、度曲，為新聲小令。搊彈放歌，自謂馬東籬、張小山無以過也。為文一篇輒萬言，為詩一首輒百韻。不循格律，詼諧調笑，信手放筆。所著詞多於文，文多於詩。所藏詞曲至富，自謂詞山曲海。每大言曰：古來才士，不得乘時枋用。非以樂事繫其心，往往發狂病死。今借此以坐銷歲月，暗老豪傑耳。王元美云：北人自王康後，推山東李伯華。伯華以百闋〔傍妝台〕為對山所賞。其實百闋之中，佳者不多，錄三首如次：

云：醉醺醺甕中乾了玉壺春，勸君莫做千年調，苦了百年身，唾津咽卻心頭火，淚點休洇枕上痕，拳頭硬、胳膊村，得饒人處且饒人。

又：雨絲絲沖風躍馬欲何之，閒遊正喜風吹袂，況有雨催詩，休圖雲裏栽紅杏，好向山中覓紫芝，磨而不磷，涅而不緇，得隨時且隨時。

又：曲彎彎一輪殘月照邊關，恨來口汲盡黃河水，拳打碎賀蘭山。鐵衣披雪渾身濕，寶劍飛霜撲面寒。驅兵去，破虜還，得偷閒處且偷閒。

觀此可窺其一斑矣。與此相近者，尚有常倫。倫，沁水人。有《寫情集》，一名《樓居樂府》。放肆豪快，實介康王與馮惟敏之間。《曲品》云：常樓居藝林，掞藻而曲藻。謂其詞氣豪逸，亦未當家，殊非的評。嘗有〔山坡羊〕云：

悶葫蘆一摔一個粉碎，臭皮囊一挫一個蟬蛻，鴉兒守定兔窠中睡。曲江邊混一回，鵲橋邊撞一回。來來往往無酒也三分醉。空攢下個銅斗兒家緣也，單買那明珠大似椎。恢恢，試問青天我是誰？飛飛，上的青霄咱讓誰？

中敏評云：亦憤慨，亦解脫。若顛若狂的，是樓居一生行徑也。

馮惟敏者，號海浮，山東臨朐人。有《海浮山房詞稿》所作如活虎生龍。中敏所謂猶詞中之辛棄疾也。且謂有明一代，此為最有生氣、最有魄力之作。王世貞、王驥德之品評，皆嫌馮氏本色過多，北音太繁。多俠寡馴，時為紕類。蓋皆崑腔發生以後，南詞盛行時之議論。海浮長處，正在本色與寡馴。惟其如此，乃能豪辣。雖有時傷於獷悍，然終異乎康王一派。海浮之意志，亦極怨極憤，而好在率性將其全部怨憤，痛快出之，以示人。較少做作，而才氣橫溢。筆鋒犀利，無往而不淹蓋披靡。篇幅雖多，各能自舉，不覺其濫，此豈康王所能及耶！中敏謂：海浮曲，全是一團拴縛不住之豪氣。排奡而能妥貼，誠哉斯言也！惟與其擬諸詞中稼軒，不若擬之陳維崧。余與中敏有同嗜，深愛海浮曲。余亦與中敏有同見，惜海浮之未能進一步，以渾涵於灝爛之境。果進一步，渾涵於灝爛境中，則與稼軒之詞相當矣。余於詞，固深愛稼軒，亦深愛迦陵海浮之曲。烏得不酷嗜哉！弇洲謂其板眼、務頭、攛搶、緊緩無不曲盡，而才氣亦足以發之，最為知言。〔朝天子〕自遣曰：

海翁命窮。百不會，千無用，知書識字總成空。浮世乾和，鬨笑俺奔波。從他撥弄您乖猾，俺懞懂就中不同，誰認的雞和鳳。

讀此詞可以想見其人也。有出以滑稽之趣者，如〔河西六娘子〕笑園五詠：

其一云：

問道先生笑甚麼，笑的我一仰一合，時人不識余心樂！呀，兩腳跳梭梭，拍手笑呵呵，風月無邊好快活。

其二云：

人世難逢笑口開，笑的我東倒西歪，平生不欠虧心債！呀，每日笑胎嗨，坦蕩放襟懷，笑傲乾坤好快哉！

其三云：

閑看山人笑臉兒紅，笑時節雙眼兒朦朧，平白地笑入玄真洞。呀，也不辨雌雄，也不見西東，笑不醒風魔胡突蟲。

其四云：

笑倒了山翁老傻瓜，為甚的大笑哈哈，功名不入漁樵話，呀！打鼓弄琵琶，睡著唱楊家，用盡你機關笑掉了我牙。

其五云：

名利機關沒正經，笑的我肚子裏生疼，浮沈勝敗何時定，呀！個個哄人精，處處陷人坑，只落得山翁笑了一生。

誦之亦當忍俊不禁。又，以硬語盤空，呼叱而出者。如遂閒乞休二曲。遂閑〔醉太平〕云：

誰說俺不平，俺原無宦情。秋收田地到春耕，從來是本等。懶驢愁治不了傳槽病，餵貓食救不的殘命，放牛歌改不了舊聲音，急歸來笑聽。

乞休〔塞鴻秋〕云：

論形容合不著公卿相，看豐標也沒個擣搜樣，量衙門又省了交盤賬，告尊官便准俺歸休狀。廣開方便門，大展包容量，換春衣直走到東山上。

後一首較前首為閒靜，然同一曠達之作也。又，以曲家訓者，如〔醉太平〕云：

勸哥哥學好，休捨命貪饕，聰明伶俐莫心高，只隨緣便了。抹了臉，遮不盡傍人，笑腫了，手拿不盡他人鈔放倒身，吃不盡小人敲，急回頭自保。

又：勸哥哥休歹，把兩眼睜開，一還一報一齊來，見如今天矮，人人心地藏毒害，家家事業多成敗，時時局面有興衰，到頭來，怎解？

不特體制新穎，詞亦警切。至於情詞，而具本來面目者，如〔玉抱肚〕云：

冤家心變這些時，誰家鬼纏打聽的有個真實？我和他兩命能全，神靈鑒。察誓盟言，不叫冤家只叫天。

以南詞而視元曲，無愧色者，如〈月兒高〉閨情云：

月缺重門靜，更殘五夜永。手托芙蓉面，背立梧桐影，瘦損伶仃。越端相，越孤另，抽身轉入轉入房櫳冷。又一個畫影圖形，半明不滅燈，燈花燭杳，無憑一似靈鵲兒虛。器喜蛛兒不志誠。

究論其才情縱橫，氣象萬千，為一代所罕有。其匹者，不可不讀其〈鴻門奏凱歌〉二首，一謝諸公枉駕云：

邀的是試春遊張曲江，訪的是耽酒病陶元亮，行的是快吟詩唐翰林，生的是會射策江都相。呀！這的是白雲明月謝家莊，抵多少秋風野草鎮邊當，你祇待平開了西土標名字，俺祇待高臥在東山，入醉鄉。周郎耳聽著六律，情偏暢；馮唐身歷了三朝，老更狂。

一謝會友枉顧云：

又不曾費推敲將詩債擔，又不曾閒包攬把風情勘，止不過下山來，將公事勾進城去把高親探。呀！單想著洞天福地紫雲庵，清風明月碧龍潭，但離了聖境多愁病，恰遇著遊人共笑談，意象兒虛涵，默坐處機心淡，魂夢兒沈酣，猛醒來世味諳。

《曲品》云：馮侍御綺筆鮮妍，烏乎此！豈知海浮之言耶！如上舉二曲，英姿颯爽，不特本來踔厲蹈揚面目矣。更錄一小套為殿，恬退〔雙調・朝元歌〕云：

長歌、短歌盡日逍遙樂；詩魔、酒魔到處盤醒坐；明月清風，同咱三個常把世情參破。萬慮消磨，清閒壘成安樂窩。奉勸傻哥哥，休爭少共多合，隨緣且過。權當做東方高臥。

又：

心不戀三台八座，生來福相薄，勉強待如何！休想豪華且耽寂寞，防備臨時失錯，難免張羅，會飛騰也將雙翅兒縛，宦海有風波，平生涉歷多（合前）。

又：

到處裏追歡行樂，山童歌舞著拍手笑呵呵，帽插岩花酒斟江糯，慢把風騷酬和，信口開合，新詩小詞漸積多，烏兔走如梭，都將今古磨。（合前）

又：

也不管花開花落，年年一短蓑，寒暑飽經過，順水推船隨風倒舵，雲影天光攤破，碾碎銀河，煙村幾家依碧波，喜聽採蓮歌，山花賽綺羅（合前）。

馮氏以後，更無來者。《曲律》謂：陳沂、胡汝嘉爽而放。陳有雪詞，爽而未能豪。胡更不必論也。王磐亦能自成一派者。磐，字鴻漸，高郵州人。儲柴墟莊，定山與善。生於富室，獨厭綺麗之習。雅好古文詞家。於城西有樓三楹，日與名流談詠。其間因號西樓。高郵間，元宵向無張燈者，故古詞云：依舊試燈何礙。正德初，郵守好事，令再張燈。西樓為曲，以張之蓋。是時，高郵元宵最盛。好事者，多攜佳燈、美酒即西樓為樂。公製新詞，令從歌之，此類曲子是也。至公老年，雖滅曩心，而少年好事者猶然。公詩有云：是誰東道遺燈火，為我西樓寂寂寥。又云：年光已屬諸年少，四座春風按六么，後經荒歲苛政，閭閻凋敝，良宵遂索然矣。及公稿世愈，不復睹盛世西樓。平生不見喜慍之色，其家嘗走失雞，公戲作〔滿庭芳〕云：

平生淡薄。雞兒不見，童子休焦。家家都有閑鍋灶，任意烹炮。煮湯的貼他三枚火燒，穿炒的助他一把胡椒，倒省了我開東道。免終朝報曉，直睡到日頭高。（見《堯山堂外記》）。

蓋鴻漸夙有雋才，好讀書，酒落不凡。惡諸生之拘攣棄之，縱情山水詩畫。間尤善音律，度曲清灑。每風月佳勝，則絲竹觴詠，徹夜忘倦。性好樓居，構樓於城西，僻地坐臥，其中一幅山藜杖，飄然若神仙。一時名重海內，多願與納交。所著有《西樓樂府》、《野菜譜》等（見萬曆《揚州府志》中）。所作《野菜譜》，並綴以詞，雅俗相雜，山家之公案也（徐渤《筆精》）。王驥德論詠物云：小令北調，王西樓最佳。《論俳諧》亦云：此體亦是西樓最佳。舉當時之為北調者，曰：維揚則王山人西樓，濟南則王邑佐舜耕。又：謂西樓工短調，翩翩都雅。舜耕多近人情，兼善諧謔。又：客問今日詞人之冠？曰：於北詞得一人，曰高郵王西樓。俊豔工煉，字字精琢，惜不見長篇。又云：今世所傳《西樓樂府》有二：一為王磐，字鴻漸，高郵人；一為王田，字舜耕，濟南人，二人俱號西樓。舜耕之詞，較鴻漸為富，然大不如鴻漸精煉。如浴裙睡鞋〔閏元宵轉五方〕等曲，皆鴻漸作。弇州所謂：頗警健，工題贈，而淺於風人之致者，蓋指舜耕非鴻漸也。鴻漸樂府，曾見太學所存書籍。亦列其目，為時所重，可知已（並見《曲律》）。徐復祚《花當閣叢談》云：一日取讀田子藝衡《留青日扎》，其詠雙行纏云云，不覺噴飯。此獠村鄙，煞風景。若是急取杜牧之詩，及王磐詞讀之，始滌喉中之穢於茲。足覘《西樓樂府》在當日之聲望矣。余意，全集當以秋夜同陸秋水湖上泛舟〔脫布衫過小梁州〕一首為最。詞云：

畫船兒滿載詩豪，問先生何處遊遨。水晶宮中閒品簫，廣寒鄉盡回頭棹，分付魚龍穩睡著，等閒間休放波濤，老夫今夜弄風騷，搜詩料，翻動水雲巢，一天星斗都顛倒，愛銀蟾水底光搖，我這裏用手撈，不覺的翻身落，也是俺形神俱妙，飛上紫金鼇。

其麗不僅工雅，且自出奇。其清中蕭疏放逸，自盡其態。以視康馮兩派，一以精細，一以粗豪，迥不類矣。金陵曲人中，金白嶼與之為近。此外有沈仕別其門戶者。沈德符《顧曲雜言》曰：沈青門、陳大聲輩，南詞宗匠，皆本朝化治間人。又云：我朝填詞高手，如陳大聲、沈青門之屬，俱南北散套，不作傳奇。呂天成《曲品》云：沈仕青門，一字野筠，仁和人，列上品。又云：沈野筠，丹青入道。徐又陵亦云：成弘間，沈青門、陳大聲輩，南詞宗匠（《蝸亭雜訂》）。岳岱曰：青門山人沈仕，身本貴介，志則清真。野服山巾，江遊海覽。新篇雅調，遠邇齊稱信乎！野鶴之在雞群，祥麟之遊郊外（《今雨瑤華》）。徐陽初《三家村老委談》謂：青門輩，皆海岳英靈，文章巨擘。羽翌大雅，黼黻王猷。正業之外，遊戲為此。或滔滔大篇，或寥寥小令。含金跨元，真所謂種種殊別，新新無已矣。所作有唾窗絨，顧皆豔詞。如〔懶畫眉〕云：

倚闌無語掐殘花，驀然間春色微烘，上臉霞。相思薄幸那冤家，臨風不敢高聲罵，只教我指定名兒暗咬牙。

又：

東風吹粉釀梨花，幾日相思悶轉加。偶聞人語隔窗紗，不覺猛地渾身乍，卻原來是架上鸚哥不是他！

王驥德曰：南則金陵陳大聲、金在衡，武林沈青門，吳門唐伯虎、祝希哲、梁伯龍。而陳、梁最著。唐、金、沈小令並斐亹有致。又云：時有合作處，然較之元人，則彼以工勝，而此以趣合。張旭初曰：與伯龍相後先者，吾鄉之沈青門。峻志未就，托跡醉鄉。其辭冶豔出俗，韻致諧和（《吳騷合編》）。可謂知人之言。以香奩體，為明曲開一天地。後來步趨於此者，不免時有淫褻之作。為功為罪，難斷言矣。按，明代前期作手，除集於金陵諸家，不外康、馮、王、沈四派（金陵諸家中，惟陳所聞在崑腔大行以後，而其曲品與大聲為近。列諸後期，殊為不妥。楊升庵夫婦，例可附及於此。以升庵為蜀人，且夫婦作家，古今罕見，因另列之。至於此四派之分，取中敏言也）。

崑腔以後，有南詞，而北曲亡。北曲之亡，即曲之亡矣。所謂南詞者，觀馮夢龍《雙雄記》自序可知也。其言曰：詞家於今日，僉謂南音盛，北音衰，蓋時尚則然。余獨以為不。不北音幸而衰，南音不幸而盛也。夫北詞暢于金元，雜劇本勾欄之戲，後稍推廣為傳奇。而南詞代興天下，便之荊劉蔡殺。而後坊本彗出，日益濫荒。高者，濃染牡丹之色，遺卻精神；卑者，學畫葫蘆之樣，不尋根本。甚至，村學究手摭一二椿故事，思漫筆以消閒。老優施腹，數十種傳奇，亦效顰而奏。技中州韻不問，但取口內連羅。九宮譜何知！只用本頭、活套。作者逾亂，歌者逾輕調。罔別乎宮商，惟憑口授。音不分乎清濁，只取耳盈。或因句長而板妄增，或認調差而腔並失。弄聲隨意，平上去入之不清。識字未真，唇舌齒喉之無辨語。云：童而習之，白首不解南詞之謂歟！而世多耳食，謬謂南詞易，北詞難，烏乎！南詞豈獨易哉？時尚在南，而為南者多；時尚不在北，而為北者少。為南者多，而易之；為北者少，則難之。易南，而南之法已壞；難北，而北之體猶存。由此言之，南非盛，北非衰也！孰幸，孰不幸？亦可知也。觀於夢龍之言，所知南詞之弊。顧夢龍知之，而躬自蹈之。蓋一時風氣如此，欲自振拔，不可得也。中敏嘗論之云：近見明末石陽張瘦郎《野青散曲》。子猶（即馮夢龍）序云：楚人素不辨冰青，得此開山，尤為可幸。白雪故郢調，今其再振於黃乎？因名之曰：「步雪初聲」。按其文字，則江東白苧之末流。意境迂拘，音響糅雜。硜硜於字句之煊染，又祗有零脂剩粉敷衍堆嵌。拆碎，固不成片段。拚合，亦難象樓臺。臣妾宋詞，宋詞不屑伯仲元曲。元曲奇恥天下，依違於兩可之間。欲兼擅其勝，卒至進退失據，成共棄之物者。崑腔以後，江東白苧派之散曲，乃其一也。又曰：起嘉隆間，以迄明末，將近百年。主持詞餘壇玷者，皆必推伯龍為極軌，然後知崑腔初。初囿人之深其後，乃終於無由振拔，而元人之豪情，萬丈竟斬，而不復也。吳中派成風會大著，其勢固足以左右一世。如，瘦郎浪仙（姓席）之輩，雖遠起郢楚，亦惟有入彀而已（見《曲諧》中）。吳中曲人之著者，曰：唐寅、祝允明。寅，字伯虎。字子畏，吳趨里人。有《六如居士曲》，夙負俊才。博學多識，善屬文，駢儷尤絕。為人放浪不羈，志甚奇，沾沾自喜。少從御史考，下第。以曹鳳之薦，得隸名末。後果中式第一，與允明齊名。允明，字希哲。右手枝指，因號枝指。生好酒色六博，不修行檢。屢為雜劇，少年習歌之（詳《吳郡二科志》）。曲品云：唐解元巧擅解衣，祝山人神凝灑翰。希哲能為大套，富麗而多駁雜。子畏小詞，纖雅絕倫。而大套時有捉襟露肘之態。希哲有題情〔畫眉序〕云：

一見杜韋娘，惱亂蘇州刺史腸。似奇花解語，軟玉生香彩，雲輕舞袖翩躚，金縷細歌喉清亮，料應夙世曾為伴，今生裏再得成雙。

〔黃鶯兒〕偏愛素羅裳煞，娉婷忒恁狂。丹青怎畫得嬌模樣？行思坐想，恩情怎當俏冤家，牽卦在心兒上？意徬徨，一時不見，如隔九秋霜。

〔集賢賓〕一味至誠非勉強，他有鐵石心腸。月下星前言不爽。我何曾著意關防？憑君移放，自不許蜂喧蝶嚷。秋江上，芙蓉花到老含芳。

〔琥珀貓兒墜〕合歡未久，無奈往他方。渭北江東道路長，暮雲春樹兩茫茫，悽惶一種相思分，做兩處悲傷。

〔尾聲〕歸來依舊同歡，賞月下花前再舉觴，只怕歲月無情兩鬢霜。

子畏令曲，如〔商調・集賢賓〕云：

春深小院飛細雨，杏花消息何如報？道東君連夜去，須索要圈留他住，金杯滿舉怎不念紅顏，春樹君看取青塚上，牛羊無主。

〔山坡羊〕云：數過清明春老，花到荼蘼事了。花陰估價，估價錢多少？望酒標先拚典翠袍，三更尚道歸家早。花壓重門，待月敲滔滔，滔滔醉一宵蕭蕭。

蕭蕭已二毛，語殊婉約。

同時昆山鄭若庸，亦與唐祝同為時重。若庸，字中伯。早歲以詩名，入鄴客趙康王幕。著有《蛣蜣集》。今傳其〔沈醉東風〕春閨一套。實則中伯以劇曲著，散曲遠不及唐祝二家也。其後吳有張伯起，名甚顯。伯起名鳳翼，字靈墟。《陽春六集》外有《敲月軒詞稿》。如〔桂枝香〕，風情終嫌板滯，亦未及子畏。蓋受梁派響影而然也。崑腔創始於太倉魏良輔。良輔以老教師居吳中，梁辰魚就之商訂曲律。詞成，即為之製譜。梅村詩所謂：里人度曲，魏良輔高士，填詞梁伯龍者是也。伯龍辰魚，著有《江東白苧》。王元美詩：吳閭白面冶游兒，爭唱梁郎絕妙詞。當時之傾倒可知。張鳳翼序之謂：擲地可作金聲。張旭初於《吳騷合編》內，推之為曲中之聖，未免溢美。自有崑腔南曲之宮調，音韻俱有準繩，犯調集曲日盛。沈璟為《南曲譜》及《南詞韻》，選學者翕然，宗之於是。梁之文章、沈之韻律，乃為兩大正宗。伯龍《江東白苧》中，集曲如〔九疑山〕、〔巫山十二峰〕，體段頗長。非令非套，徒令人厭。然亦間有佳作，如〔懶畫眉〕情詞云：

小名兒牽掛在心頭，欲總欲丟時怎便丟！渾如吞卻線和鉤，不疼不癢常拖逗。只落得一縷相思萬縷愁。

固戛戛獨造之語，無一字不妥貼也。又，〔山坡羊〕代劉季招寄申椒居士云：

病淹淹難醫療的模樣，軟怯怯難存坐的形狀，急煎煎難擺劃的寸腸，虛飂飂難按納的情和況。空自忙，全然沒主張，盟山誓海都成謊。輾轉思來，更無的當。淒涼，為甚更長似歲長？蕭郎，莫認他鄉是故鄉。

語亦圓俊。伯龍一派之曲，文雅蘊藉，細膩妥貼。正可見南人之性格。惟曲主放縱，胡元箅酪之風，亢爽激越之氣，最為合色。南人陰柔之美，與此適反。無怪差以毫釐，謬之千里矣！袁于令曰：詞才不同。梁伯龍以豪爽，張伯起以纖媚，沈伯英以圓美，龍子猶以輕俊，至於秀麗，不得不推王伯良。噫！如伯龍者，乃以豪爽推之，可謂顛倒黑白也已！沈璟一派文字，一如伯龍。而又求律正韻嚴。集曲外，更好翻譜。翻譜者，翻詞為曲，翻北曲為南曲之謂。所為曲海青冰，皆此作也。為使南聲繁衍，率取前人陳品。自己杼寫者，少是為聲，非為文也。自命曰：青冰非真青於藍，而寒於冰。徒剝奪文章生氣而已。李調元以為生硬稚率，鄙俚可笑（詳《雨村曲話》），誠非太過。馮夢龍於《太霞新奏》，竟於沈，有詞家開山祖師之稱，無殊寱語！如〔八聲甘州〕，集雜劇名，翻元人吳昌齡北詞云：

因緣簿，冷歎鴛鴦被捲，枉怨銀箏秦樓月影，蝴蝶夢中孤另，曾留汗衫餘馥在，漫哭香囊雨淚盈，柳眉顰雙峰，為才子留情。

又：春宵金月亭。記曲江池上，麗目初晴。藍橋仙路，裴航恰遇雲英。萬花堂畔言誓盟，玉鏡臺前作證。誠他負心，幾曾教魚雁傳情。

索然寡味，毫無機趣。有補於聲音者甚少，而為害文章實多。曲之墜落，沈璟不能逃其罪也。與梁沈相近，而才情較長者，王驥德一人耳。驥德，字伯良。號方諸生，一署秦樓外史。萬曆間，會稽文學。自幼性嗜歌，樂師同里徐渭，以知音互賞。維與吳江沈璟討論音律，頗為沈氏推服。有《方諸館樂府》二卷，而《曲律》四卷，為自來評曲、論曲之寶典。顧其所作，套曲亦傷庸腐。惟小令之尖新、妥溜，足以繼響青門。〔一江風〕見月云：

月華明，偏管人孤另。後會茫無定，信難憑。兩處思量，今夜私相訂：天邊見月生，低低叫小名，我低低叫也，你索頻頻應。

誠癡絕，而復憨絕也。〔鎖南枝〕待歸云：

燈花綻，蟢子飛，心心盼他郎馬歸。早起畫蛾眉，紅樓鎮空倚。紗窗暝，日又西。多管是今宵，尚欠幾行淚。

哀而不傷，纏綿盡致。又，〔玉抱肚〕云：

蕭蕭郎馬怎教人不提他。念他俏龐兒，怕吹破春風瘦，身軀愁觸損桃花，不知今夜宿誰家？燈火章台處處紗，風神灑落。

《江東白苧》中，所罕見者也。黃宗羲曰：正法眼藏，似在吾越中（〈胡子藏院本序〉，見《南雷餘集》）。徐史、葉王踵起其間，亦居然成派矣。至於不為梁、沈兩宗暨越派所能限者，僅有施紹莘之《花影集》。紹莘，字子野，華亭人。其曲融豪放、清麗，出之以綿整。是在詞壇能獨樹一幟者。吾師推為明代一人。小令、套數並臻精境。其令曲，以精緻勝，莫過於〔清江引〕詠荷四首。然子野之所長者，在寫情純，用白描工夫。如〔駐雲飛〕丟開云：

索性丟開，再不將他記上懷。怕有神明在，嗔我心腸歹。呆，那裏有神來，丟開何害。只看他們，拋我如塵芥，畢竟神明欠明白。

又，閨恨云：

短命冤家，道是思他，又恨他，甜話將人掛，謊到天來大嗏。倒是不歸來，索須干罷；若是歸來，休道尋常罵，須扯定冤家下實打。

學元人而能化之矣。又，〔山坡羊〕旅懷云：

意悭悭怕分離的相送，虛飃飃要相逢的癡夢，急煎煎算不定的歸期，淚斑斑看不得的衣衫縫。怯曉鐘，更教人惱暮鐘，燈花暗卜，卻被燈花哄。歡喜誰同，淒涼誰共？朦朦，捨相思在雲樹中；匆匆，記相思在詩句中。

他如夜泊懷人，亦跌盪之至。其寫景也，如〔玉抱肚〕小園，一味輕靈而情味良厚。集曲長調，亦尚能一氣包舉。如，〔六犯青音〕詠夏閨曰：

倦抛針線，懶拈簫管，一味軟疼柔怨。雕樑燕子，偏生憑地金言，低聲似說芳春雲，絮語應嘲翠黛殘，縈飛絮哭老鵑，惱人心性脫綿天，怎消得黃梅雨在芭蕉上，只落得粉淚痕交枕簟間，茫茫遠信雲邊樹，邊懨懨病骨香前酒前，常常繡帶移新眼，暗愁煎綺琴，偷弄翻曲記奇緣。

陳眉公曰：子野才太俊、情太癡、膽太大、手太辣、腸太柔、心太巧、舌太纖。抓搔痛癢，描寫笑啼太逼真、太曲折。此其所以贊子野者，子野當之而無愧。沈德生曰：子野外服儒風，內宗梵行。其於世間色相，一切放下。其性靈、穎慧、機鋒，自然，不覺吐而為詞，溢而為曲。以故不雕琢而工、不磨滌而淨、不粉澤而豔、不穿鑿而奇、不拂拭而新、不揉摛而韻。以論其人者，以論曲有足多焉。子野散套頗富，選錄如次，春遊逑懷〔北正宮•端正好〕：

錦烘天，香鋪地，東風裏綠柳橋西，亂芳逕襯前山翠。

似董北苑先生筆。

〔滾繡球〕不多時才看得梅，霎時間又開到李。柳窺青漸蘇，嬌睡小夭桃。打扮衣緋，菜花田獵獵。低紅花田剪剪齊，一陣價香風肥膩，慢騰騰淡日西飛猛。踏破落花堆裏，滑了鞋底。抓住了繁花刺兒，碎了繡衣，又過前溪。

〔叨叨令〕且尋一個頑的耍的，會知音，風風流流的隊。拉了他們俊的、俏的做一個清清雅雅的會。揀一片平的、軟的襯花茵，香香馥馥的地擺列著奇的、美的趨時景，新新鮮鮮的味，兀的便醉殺了人也麼哥！兀的便醉殺了人也麼哥！任地上乾的、濕的諢帳呵！便昏昏沉沉的睡。

〔脫布衫〕忒撩人酒賣紅旗映，鞦韆在紅杏樓西，樓上那欄杆斜靠的血紅衣，見人回避。

〔小梁州〕又見些隻隻弓鞋一撚的，時樣羅衣知他是燒香的，還是上墳的，喬裝髻掩扇漏蛾眉麼聰明人不合多伶俐，被他們酒泥、花迷，杏花天楊花地和二三知己睜醉眼看名姬。

〔上小樓〕垂楊院裏朱門斜啟，且待俺陪個殷勤，借看園林，才過花堤，怎知俺命兒裏冤家作對，驀撞著鬥草的十來個妓。

〔么篇〕騎馬的葉葉衣，坐轎的呵呵睡，還有個酒壺兒斜矗，食壘兒分攜妙人兒相偎，引得俺半日裏眼到黑淒涼，慚愧怎當他半回頭，風遞過口脂香氣。

〔滿庭芳〕亂香堆裏一灣流水，茆屋竹籬恰正是寒食天，濁酒兒剛蒭起，試新茶才放槍旗，偏湊的筍香鮮菜美，又撞的蜆肥肥，芹膩小飲藤花底盤飡進枸杞，人醉了日頭直。

〔快活三〕是誰家笙歌沸，偷空裏笑微微，隔牆惟見柳巍巍，這便是洞天裏神仙會。

〔朝天子〕只可憐塚壘壘土堆，白條條掛紙費多少兒孫淚，眼前的酒飯兒不能夠吃，哭拜罷人歸矣。蝶蝴青錢杜鵑紅淚，才懊悔當初不醉死，生前事在這壁，死後事在那壁，短多少萬古英雄氣。

〔四邊靜〕是誰知唐宗晉室，但當年墓碑而今廢，基草樹狐狸，松柏寒山背，今宵卻在雨裏昏慘慘悲燐濕。

〔耍孩兒〕我如今決計疏狂矣，且隨喜花邊酒裏，一年春去又春回，好隄防白髮相欺，須搜尋直入煙花髓，更須要爭為麴蘖魁，日日花間醉，惹得的桃花笑我，柳也開眉。

〔五煞〕看青山恰打圍，曲灣灣水，接籬群花姊妹隨，行隊天偏生我為男子，況春放閒，人撒酒資，須直是風流死，切莫把花盟酒譜半點差池。

〔四煞〕漸東君逐旋歸，好花枝怕一夜飛，曉來滿地胭脂碎，分明萬古英雄淚，應蹙盡人間閨秀眉，須快把杯兒吃，若放過了良辰美景，癡也真癡。

〔三煞〕好良朋近，可攜小花，籃便可提，家家酒氣和花氣，閑來酒店逋新債，更密選花枝寄，所私狂甚如天使，願如此生涯老我不省前非。

〔二煞〕不風流俗，怎醫會風流債，怎推好花好酒天生配，我酒中要強為監史，花裏從教做伐媒，僉上了風流籍，休趕向紅塵隊裏斷送頭皮。

〔一煞〕妖姬且自攜，新詞且自題，圍棋睹酒賢乎已，探花妒殺峰磨腿，趨酒閒看蝶曬衣，頑童且莫催歸急，卻不道小臣半夜秉燭傳杯。

〔煞尾〕置身峰泖間，避世詩酒裏，買一個載花船，來往煙霞際，向這些美酒名花道聲生受你。

又，泖上新居〔南仙呂・入雙調步步嬌〕云：

水際幽居疑浮島，結構多精巧，垂楊隱畫橋，轉過灣兒竹屋風花掃，門僻是誰敲，賣魚人帶雨提魚到。

〔醉扶歸〕淡茫茫水鏡扒窗曉，點疏疏漁燈夜候潮，暗昏昏鳩雨過平皋，白微微鷺雪銷殘照，蓼汀秋水，怎添篙？只覺的地浮天漲，坤乾小。

〔皂羅袍〕閒則扳罾把釣，將魚藍一個背月而挑，巨螯紫蟹帶生糟，晚潮壓酒賓堪召，圍棋睹勝猜拳賽高，共聯白社約會青苗，更有閑中交際山陰棹。

〔好姐姐〕種花兒不低不高，恰教他水流花照，芙蓉五色夾過水西橋，更荷花紅每逢秋夏香難了，透著衣裙不可銷。

〔香柳娘〕更春風岸桃，更春風岸桃，水肥花少，癡肥恰是村妝貌，種籬邊野菜，種籬邊野菜，夜雨帶泥挑，滋味新鮮好，向池邊聯句，向池邊聯句，不用甚推敲，別是山林調。

〔尾文〕常常濁酒沉酣倒，高臥時聞拍枕潮，自起推窗正月上了。

又賦月〔南商調・梧桐樹〕云：

松間漸漸明，柳外微微映，探出花梢，忽與東樓近，低低與幾平淡淡，分窗進雲去雲平，磨洗千年鏡，照鍬轤院落人初靜。

〔東甌令〕山煙醒，柳煙晴，放出姮娥羞澁影，裝成人世風流境，搖幾樹西廂杏，浩角風露夜冥冥，細語沒人聞。

〔大聖樂〕透疏簾照破黃昏進，鴛幃窺鳳枕玉人，何處瓊簫冷，心上事夜香亭，多應是半輪慘澹相思鏡，還可是一段幽深吊古魂，梨花夢醒早，鵑啼恨血，草荒煙暝。

〔解三酲〕有多少闌干露冷，有多少高燭花明，有多少南樓好句裁三影，有多少彩袖籠燈，有多少曉風楊柳紅牙板，有多少歌館樓臺義甲箏歡無盡，多應是冰魂蕩漾逼出風情。

〔前腔〕更多少空窗製錦，更多少小閣挑燈，更多少楓江面掩琵琶冷，更多少茅店霜清，更多少悲笳曲罷關山靜，更多少玉笛吹殘，參斗橫，情何盡！多應是冰輪有意，照見銷魂。

〔尾文〕一些兒清光瑩，幻出人間萬古情，我別把冷眼閒心向百花樓上飲。

又，歌風〔南商調・梧桐樹〕云：

青萍葉勢平，春水波紋淨。動地撩天，把日腳高吹醒。飛花打翠屏，飄葉敲金井。移海吹山，直憑顛狂性，卷濤痕齧破嫦娥影。

〔東甌令〕更低低颺，款款生，撩帳搴衣不至誠。溫柔偏解偷幫襯，剛出浴，冰肌瑩。就微微針竇也留情，一線引香魂。

〔大聖樂〕做春寒遮人疏，楞漾釵旛頭上冷。鬢花吹落香腮影，帶幾線淚痕，冰多應是飄零，恰似郎心性。可更是蕩漾還如妾夢魂，燈昏暈死正和花送雨，惱人春病。

〔解三醒〕吹不了愁香怨粉，吹不了瘦鐵窮砧，吹不了玉門關上秋鴻影，吹不了曉月津亭，吹不了夜深裙帶雙鴛冷，吹不了春暖弓鞋百草生淒涼景，吹薰了柳綿如霧，古渡荒城。

〔前腔〕吹不了紙錢灰冷，吹不了野燒痕青，吹不了酒旗葉葉春江影，吹不了古戍煙橫，吹不了人悲客路斜陽艇，吹不了鬼哭沙場，夜雨燐添淒哽，吹不了子規啼月，血遞微腥。

〔尾文〕任擷掀從淒緊，翻覆猶如人世情，怎地把世上癡人吹他春夢醒。

又，惜花〔南商調・二郎神〕：

憐花病，見廢紫休紅點，繡茵輕又薄，香魂全瘦損，多情薄命，經二十四番風，信煙雨樓臺一曲笙，更紗窗夜寒燈暈，添人悶，寶闌幹外欲謝難禁。

〔啄木兒〕含風笑浥露顰，偏對淒涼掩淚。人乍飛粘錦字，迴文忽逗破繡床，香印春深小閣休，文病琴心近接蕭娘信，正獨自開窗撿繡裙。

〔三段子〕空中似塵，淡濛濛，是誰人夢魂？苔錢似鱗點疏疏，是誰人淚痕？平明一陣寒差甚，繡簾不卷風猶緊。正酒暈，扶頭倦妝時分。

〔前腔〕桃源杏村酒，香衫風流。後生花棚繡，捆點青氈。詞壇俊英，盡教拾向奚囊錦，可憐一霎繁華影，知道明年是誰相近？

〔滴溜子〕一片片，一片片芳菲哄人，一點點，一點點東君負心，作踐韶華，直憑子規啼，一聲撩亂古墳荒徑，幾回風雨知多少？槁葬芳魂。

〔尾文〕陌頭剩有弓鞋印，又付與花驄踏作塵，總件件教人憐惜。

恁前期有一馮惟敏，後期有一施紹莘，為明曲生色。抑，余又有取於劉效祖者。效祖，字仲修，宛平人。嘉靖間，官至按察使。所為北詞盛傳一時，至聞禁掖。所著原有《短柱效顰》、《蓮步新聲》、《都邑繁華》、《閑中一笑》、《混俗陶情》、《裁冰翦雪》、《良晨樂事》、《空中語》，雖經鏤板後，漸散佚。後人搜其僅存之稿，題曰《詞臠》。有明末刊，及康熙庚戌、甲戌兩刊。集中多描繢社會習尚，亦常作警世之語。如，〔沈醉東風〕云：

破衲襖真能袖手，矮屋低簷盡可低頭，且由他熱裏忙，落得我閒中受，那裏得可口的饅頭，這滋味從來看得熟，怎肯去將無作有。想亦及身閱歷之言也。

又拜年詞〔上小樓〕云：

剛送出張世英，又接進李彥實，只見他叉手躬身、假意虛情、遜讓謙，推一個說多生受，累起動，重賴光輝。一個說到府遲，未蒙見罪，堯民歌云呀：一個正慌忙扒起，足如飛，一個忙扯衣牽袖，定教回；一個說現成熱酒飲三杯，一個說看經吃素剛初一；他兩個強了一會，終得吃幾杯，才能夠唱諾，抽身退。

鄉情俗例，幾百年來社會上正未有殊，讀之令人嘔噱。如此，始見曲境之闊，大後來者。覷此下筆，正未可限量。故論明一代之散曲於效祖，亦不可忽視焉。天民《曲品》所舉外，此諸家有：太倉王世貞，鳳洲陸之裘南門，昆山顧夢圭雍里、虞竹西，嘉定段都無美，吳江沈瓚定庵。所謂王司寇，當代宗匠。陸氏子聞奇譽美：顧雍里名族標英，虞竹西柔腸度曲；殷部郎觸目琳琅，沈僉憲清望斗山者。梁沈派有馮夢龍，後來稱雄，為之中堅。夢龍，字耳猶，一字猶龍。別號姑蘇詞奴，或署龍子。猶有〈宛轉歌〉，亦膽大而情柔。如留客〔江兒水〕：

郎莫開船者，西風又大了些。不如依舊還奴舍，郎要東西和奴說，郎身若冷奴身熱，且消受今朝這一夜，明日風和，便去了奴心安帖。

贈書〔玉抱肚〕云：

頻頻書寄，止不過敘寒溫別無甚奇。你便一日間千遍書來，我心中也不嫌聒絮。書呵，原非要緊的好東西，為甚你一日遲來，我便淚垂。

與小曲為近。卓珂月曰：我明詩讓唐，詞讓宋，曲讓元。庶幾吳歌〔掛枝兒〕、〔羅江怨〕、〔打棗竿〕、〔銀鉸絲〕之類，為我明一絕耳。雖然小曲究非南北詞之正言，散曲者，兼取而並蓄之。則可未能捨此而就彼也。有明曲人姓氏，見諸選書，共有三百三十餘人。而帝王中，有一宣宗。雖不足媲美唐玄宗之於詩，宋徽宗之於詞，要亦曲史之珍聞爾。

蜀中詩人、詞客，代有傑士。有元一朝，惟虞道園然，道園曲至少。幸朱明曲史中，有楊慎夫婦。於是蠶叢魚鳧之鄉，得不寂寥也已。慎，字用修，號升庵，新都人。有《洞天玄記》、《蘭亭會》、《太和記》諸劇。於散曲，則《陶情樂府》膾炙人口。而王元美譏為川調，李調元急辯之。蓋南北本腔，無吳人可用蜀人不可用之理也。用修佳句至多，如：費長房縮不就相思地，女媧氏補不完離恨天。又：別淚銅壺共滴愁腸，蘭焰同煎，和愁和恨，經歲經年。又：傲霜雪鏡中紫髯，任光陰眼前赤電，仗平安頭上青天。

皆甚可誦。〔黃鶯兒〕云：

客枕恨鄰雞，未明時又早啼，驚人好夢，三千里。星河影低，雲煙望迷，雞聲才罷鴉聲起。冷淒淒，高樓獨倚，殘月掛天西。

詞境淒清欲絕，可知其流戍時光景矣。妻黃氏，遂安人。按遂安，即今遂寧。《遂寧縣誌》卷五，《藝文卷》六雜記並及之。〈積雨釀春寒寄外一首〉下註云：用修卒，戍所家人欲成喪。安人曰：幸而謫終，天威尚難測，律以春秋大義，自當槁葬，家人迺止。未幾，世宗遣使啟棺，見青衣布袱。使還以聞，上感動，還原爵。其達大體有如此者。朱孟震曰：升庵楊先生夫人黃氏，遂寧黃簡肅公女。博通經史，能詩文，善書札，嫻於女道。性復嚴整，閨門肅然，雖先生亦敬憚之。《玉笥詩談》可知其人，其集有：徐文長重訂本四卷、補遺一卷。以〔罵玉郎〕、〔感皇恩〕、〔採茶歌〕詠仕女圖，作製最新穎。詞云：

一個摘薔薇刺挽金釵落。一個拾翠羽，一個撚鮫綃，一個畫屏側畔身斜靠。一個竹影遮，一個柳色潛，一個槐陰罩。一個綠寫芭蕉，一個紅摘櫻桃。一個背湖山，一個臨盆沼，一個步亭皐。一個管吹鳳簫，一個弦撫鸞膠。一個近闌憑，一個登樓眺，一個隔簾瞧。一個愁眉霧鎖，一個醉臉霞嬌。一個映水勻紅粉，一個偃花整翠翹。一個弄青梅攀折短牆梢，一個蹴起秋千出林杪，一個招羅袖把做扇兒搖。

寫二十三人各盡其態。其〔羅江怨〕四支用車遮韻亦佳。

其一曰：

空亭月影斜，東方既白，金雞驚起枕邊蝶。長亭十裏，唱陽關也。相思相見，相見何年月！淚流襟上血，愁穿心上結，鴛鴦被冷雕鞍熱。

其二曰：

黃昏畫角歇，南樓雁疾，遲遲更漏初長夜，愁聽積雪，溜松稠也。紙窗不定，不定風如射，牆頭月又斜，床頭燈又滅，紅爐火冷心頭熱。

其三曰：

關山望轉賒，征途倦歷，愁人莫與愁人說。遙瞻天闕，望雙環也。丹青難把、難把衷腸寫，炎方風景別京華。音信絕，世情休問涼和熱。

其四曰：

青山隱隱遮，行人去急，羊腸鳥道馬蹄怯，鱗鴻不至，空相憶也。惱人正是，正是寒冬節。長空孤鳥滅，平蕪遠處接，倚樓人冷闌干熱。

其曲品，或況諸詞中易安，殊為平允。升庵黃氏俱往矣！自後，蜀中南北詞，遂成絕響矣！茲論明曲，於此不能無慨。同堂諸子，其有願奮起而踵武前賢者乎？昨得友人顧君毫，名書聞近有明曲統別之作。正草此章，惜未得以佐證，良用悵然。

第四、自清以來散曲家

毛奇齡曰：文有名家，有當家，有作者家。名家祇如收畫家之有標格耳；而金元詞曲，每以平行協時族者為當家。至於作者家，則毋論當行，與及格，而必有作者之意存乎其間（見〈霞舉堂集序〉）。以言有清一代之散曲類，是作者家之作耳。其下者，並此作者之意而不存。蓋自隆萬以來，士夫移製曲之工力，以製八比文，於是乎曲衰矣。（吾友劉鑒泉咸炘，嘗與予論之，深信此為曲衰之由）。

就中稍稍自振，尚知規橅喬張者。前有朱厲為魁，率後有劉許為殿軍。雖未足以遠抗元賢，而曲之得不墜不絕，賴此一線耳。竹垞、太鴻並以工長短句名於時。故所為曲，亦能清雅，不可謂非豪傑之士也。

朱彝尊，字錫鬯。號竹垞，秀水人。有《葉兒樂府》，多北詞。如〔沈醉東風〕香茅屋青楓樹底，〔普天樂〕到清秋開家宴〔水仙子〕半湖山上採樵夫，諸篇。翛然遠趣，直是慶元遺響矣。惟余愛最其〔朝天子〕，意度恬閒，文采清麗。詞曰：

魚標，稻苗，爭似南湖好！月寒沙柳夜蕭蕭，帆影卸三姑廟。暗水橫橋，矮屋香茅，看黃花都放了。絲條，布袍，再不想長安道。

置諸小山樂府，或亦可亂其楮葉。而〔天淨沙〕一作尤為難得。東籬之枯藤老樹昏雅，幾成絕唱。元季諸公，屬和已不免貂尾之譏。竹坨獨不抱定邊塞光景，以寫秋思，曰：

一行白雁清秋，數聲漁笛蘋洲，幾點昏雅斷柳。夕陽時候，曝衣人在高樓。

讀之，如味欖而有回甘焉。然竹坨有時亦不免乖律。細細香苞綻〔落梅風〕一首，平仄失粘、襯字拗捩、句法破壞，幾全非本調面目矣。雅正如竹坨，尚有此失，況其下焉者乎。厲鶚，字太鴻。號樊榭，錢唐人。有《樊榭山房北樂府》，大抵細膩熨貼。樊榭之所長，以視元賢蒼莽之氣，大刀闊斧者，終不能逮。

〔普天樂〕春水：藍拖打槳人，綠染湔裙候。何事干卿吹頻皺？笑東風直恁風流。

〔醉太平〕看梅宿西溪山莊：溪深溪淺隨春笑，窗明窗暗疑人到，鐘初鐘絕待詩敲。剩香吟半瓢。

皆獨標風趣，不必摹擬前人。雖然究是詞家之曲也。〔殿前歡〕秋思，用小山春思韻寫秋思。芭蕉葉葉竹枝枝一首，較小山原唱話相思：曉鶯啼在綠楊枝，亦未嘗有遜色。余最愛其〔柳營曲〕漁家：

漁事多，奈漁何，漁心太平誰似我？春雨漁蓑，落日漁艖，漁舍水雲窩。約漁兄漁弟經過，聚漁兒漁女婆娑。漁竿連月侵，漁網帶煙拖。歌，漁笛定風波。

如此暢快，始見曲之本色。朱、厲而後，惟劉融齋（熙載），能言小山之騷雅；許光治，能作清新之小令。融齋《曲概》所議論，時有見道處。至其《昨非集》，僅四令一套而已。套為隱括楚騷山鬼之辭，寫古意入今聲。如詞中東坡，哨遍之於歸去來辭。既被諸弦管，按歌以侑酒。其客有幽憂者，嘗因之而解也。〔對玉環帶清江引〕中，如：

任你說蹉跎，勝他聾與跛。官似甘羅，那宜衰朽做。封似蕭何，怕來賓客賀。

又：

陶公例許當年寄，只不受官場氣，煙霞燎我饑，車馬從人意，彼此代謀無善計。

爽切翻騰並足多焉。許光治《江山風月譜》（在《別下齋叢書》中）自序曰：漢魏樂府降，而六朝歌詞情也。再降而三唐之詩、兩宋之詞律也。至元曲，幾謂褻言誹語矣！然張小山、喬夢符散曲，猶有前人規矩在，儷辭追樂府之工，散句擷宋唐之秀，惟套曲則似涪翁俳詞，不足鼓吹風雅也。予心好之，是可知其嘗致力於此也。譜中計令五十二首，寫時序天氣者，間涉農事，風趣盎然。如〔落梅風〕：晚來絡絲蟲獨語，問西風又來何處？〔天淨紗〕：柳絮剛剛飛罷，時光初夏，新棉又裹桐花。讀之彌覺有味。而以〔滿庭芳〕之閒婉為最，曰：

綠陰野港，黃雲隴畝，紅雨村莊。東風歸去春無恙，未了蠶忙。連日提籠採桑，幾時荷鍤栽秧？連枷響，田塍夕陽，打豆好時光。

〔水仙子〕海棠、〔紅綿繡〕撲華鉛，則以擬小山。著氣韻、色澤，均能入彀矣。光治不為一南調，刻意學元，蓋一時之傑出者。所惜能秀雅而欠生動，究未臻上乘耳。

〔塞鴻秋〕題友人採菊圖：蜉蝣衹作昏朝計，蟪蛄豈識春秋意。蟭螟局促人間世，蟲魚瑣屑書生事。龍頭翰墨場，燕頷功名志，笑東籬未必淵明是。

歎慨之中，居然盛氣，最為難得。〔殿前歡〕湖上櫪頭船、〔水仙子〕堤邊樹色辨陰晴二首，氣慨亦迥乎不凡。其餘或為曲中之詞，或為詞家之曲。〔小梁州〕碧羅團扇戀新秋一首，雖幽愈可愛，而通篇南音塡於北調，剛柔未能投分。是又非知音者不能道然，未可以此非難清代諸作手也。略與三家相近者，仁和何承燕。其《春巢樂府》詠債一套，王瀣所謂皆傷心語也。凌歙廷堪《梅邊吹笛譜》亦北調多於南詞。雖〔山坡羊〕效喬夢符未得神似，而〔朝天子〕夜思早春並能清秀。赤壁圖一支尤佳：

漢朝，魏朝，畫裏客高嘯。大江東去響寒嘲，總是淒涼調。葛相心勞，周郎年少，英雄久寂寥。大喬，小喬，一片斜陽照。

語可誦焉。會稽陳棟，字浦雲。其《北涇草堂北樂府》北套僅二，間有警語。至張應昌，煙波漁唱則鮮足採矣。

有趙慶熺者，異軍特起，為清一代之冠冕。能恰到曲之好處。任訥許為峰泖浪仙以後，散曲中一人而已（語見《曲諧》）。慶熺，字秋舲，仁和人。所著曰：《香消酒醒曲小令》，祇九首。情詞都妙，〔駐雲飛〕沈醉曰：

等得還家，澹月剛剛上碧紗。親手遞杯茶，軟語呼名罵。他，只自眼昏花，腳跟兒亂躧。問著些兒，半晌無回話，偏生要靠住儂身似柳斜。

愈新靈活，何讓前賢也。又自序云：漪園之右，為白雲菴中，設月下老人像。杭州問婚姻者，皆卜焉，讖語拉雜不倫。同人秋日偶遊晉竹，語余須以樂府小令譜之。余唯唯，暇時挑燈，填五六闋。僅記其三，坿錄於此，〔懶畫眉〕二支：

其一曰：

問郎年紀可如何？要與兒家差不多，韶華生小怕蹉跎，休較儂年大，我便蓋上鴛鴦印一顆。

其一曰：

張張黐到總模糊，恁的鴛鴦兩字無。原來是我筆尖塗，不上氤氳簿，你快另造姻緣一紙符。

〔黃鶯兒〕曰：

好好繫紅絲，不須求繾綣司，婚姻真個天公賜。寅時卯時，申時酉時，把筆尖兒端寫年庚字。莫相思，明年枕上，開著並頭枝。

口角宛妙，詞雖不類識，詞俊可味也。〔桂枝香〕連日病酒，塡此戒飲云：

劉伶不做，杜康不顧。改辭湯沐糟丘，休罷官銜麴部。再休提醉鄉，再休提醉鄉，一曲盟詞誓汝，抵死視同陌路。自今吾，醒眼看人醉，三閭楚大夫。

又：〔前腔〕戒酒五日，同人咸勸余飲，遂複故態。作此解嘲云：

釀王國號，醉侯官誥。投還五日封章，新上一篇謝表。是微臣不該，是微臣不該，不合平原姓趙，麴秀才名出了。且今朝，打個蓮花落，鋤兒照舊挑。

此酒徒語，讀之忍俊不禁。秋舲多套曲，亦最工。楊恩壽曰：余前從《秋雨庵隨筆》，見趙秋舲詠月小令〔江兒水〕，賞其清雋，已錄入前集。後見吳幼樵所撰《塵夢醒談》備錄其曲，始知乃套曲中之一折也。全套皆佳，梁應來僅採此數語，猶不免斷鳧截鴨也。茲備錄於左：

〔忒忒令〕熱紅塵無人解愁，冷黃昏有儂生受。團空月亮，照心兒剔透。把一個悶葫蘆恨連環，呆思想問誰知道否？

〔沉醉東風〕悶嫦娥青天上頭，憾書生下方搔首。雲影淨，露華流，中庭似畫，鬧蟲聲新涼時候。星河一周，光陰不留。銀橋碧漢，又人間盡秋。

〔園林好〕想誰家珠簾玉鉤，問何人香衾錦裯，任生少眯空孤負？無賴月，是揚州；無賴客，是杭州。

〔嘉慶子〕九回腸生小多軟就，把萬種酸情徹底兜，空向西風談舊。搴杜若，採扶留。悲薄命，怨靈修。

〔尹令〕廿年前胡床抓手，十年前書齋回首，五年前華堂笑口。一樣銀河，今日無情做淚流。

〔品令〕浮生自思，多恨事難酬。花天灑地，還說甚風流！參辰卯酉，做了天星宿。江湖蓆帽，三載阻風中酒。只落得下九初三，月子彎彎照女牛。

〔豆葉黃〕清高玉宇，冷淡瓊樓。再休提霧鬢雲鬟，再休提霧鬢雲鬟，那裏是烏紗紅袖。生涯疏放，天涯浪遊。博得個花朝月夕，博得個花朝月夕，消受了夢魔情魔，酒囚詩囚。

〔月上海棠〕歸去休，一齊放下誰能夠！算山河現影，石火波漚。哭青天淚眼三秋，懺青春心魂一縷。蒲團叩，廣寒宮何處回頭？

〔玉交枝〕癡頑生就，闖名場名勾利勾。瑤台一陣罡風陟，吹落下魂靈滴溜。寒簧仍在月宮留，吳剛不合凡塵走。一年年新秋、暮秋，一年年新愁、舊愁。

〔玉胞肚〕飛螢似豆，撲西風羅衫亂兜。看玉階景物淒涼，話碧霄兒女綢繆。我吹笙恰倚紅樓，只怕仙山不是緱。

〔三月海棠〕銀匣初開，真難得團圓又。問何年怎樣，寶鏡飛丟？他愁，兔兒搗碎此生臼，蟾兒跳出清虛走。紅橋侶，鶴馭儔，有個人無賴把紫雲偷。

〔江兒水〕自古歡須盡，從來滿必收。我初三瞧你眉兒鬥，十三窺你妝兒就，廿三覷你龐兒瘦，都在今宵前後。何況人生，怎不西風敗柳！

〔川撥棹〕年華壽，但相逢杯在手。今要朝檀板金甌，要明朝檀板金甌，莽思量情魂怎收？悵良宵漏幾籌，剔銀釭夢裏求。

〔尾聲〕夢中萬一鈞天奏，舞霓裳仙風雙袖，我便跨上青鸞笑不休。

此外，又有〈葬花〉、〈寫恨〉兩商調，皆極工致，因備錄之。葬花云：

〔梧桐樹〕堆成粉黛瑩，掘破胭脂井。撿塊青山，放下桃花櫬。名香爇至誠，薄酒先端整。兜起羅衫，一角泥乾淨，這收場也算是群芳幸。

〔東甌令〕更紅兒誄，碧玉銘，巧製泥金直綴旌。美人題著名和姓，描一幅離魂影。再旁邊築一個小愁城，設座落花靈。

〔大聖樂〕我短鋤兒學荷劉伶，是清狂非薄倖。今生不合做司香令，黃土畔，叫卿卿。單只為心腸不許隨儂硬，因此上風雨無端替你疼。一場夢醒，向眾香國裏槃涅斯稱。

〔解三酲〕收拾起風流行徑，收拾起慧眼聰明。收拾起水邊照你娉娉影，收拾起鏡裏空形。收拾起通身旖旎千般性，收拾起潋膽溫和一片情。荒墳冷，只怕你枝頭子滿，誰奠清明？

〔前腔〕撇下了燕鶯孤另，撇下了蝴蝶伶仃。撇下了青衫紅淚人兒病，撇下了酒帳燈屏。撇下了蹄香馬踏黃金鐙，撇下了指冷鸞吹白玉笙。難呼應，就是那杜鵑哭煞，你也無靈。

〔尾聲〕向荒阡，澆杯茗，替你打個圓場證果成。叮囑你地下輪迴莫依然薄命。

寫愁云：

〔懶畫眉〕：生來從不會魂消，怎被莽情絲縛牢，天化待我忒蹊蹺。做就愁圈套，把瘦骨稜稜活打煞。

〔步步嬌〕合是聰明該煩惱，恨海憑空造，把風流一擔挑。八字兒安排，合為情顛倒。我何處問根苗，只的是命宮磨蠍無人曉。

〔山坡羊〕冷冰冰性將人拗，好端端乍將愁討。一年年越樣癡魔，一天天寫個瘋顛照。神暗銷，相思禁幾遭！我當初早是早是魂靈掉，不肯勾消一場惱懊。無聊，濕衙香何處燒？空勞，醉笙簧何處調？

〔江兒水〕白晝簾雙押，黃昏燭一條。把紙牌兒打個鴛鴦筈，筆尖兒寫幅鴛鴦稿，夢魂兒打個鴛鴦鳥，不許蜂囉蝶啅。咱怎底宵來，遍是南柯潦草？

〔玉交枝〕沒頭沒腦，這書章模糊亂囂。愁城築得似天高，打不進轟天情礮。心酸好似醋梅澆，眼辛卻被虀薑搗。要丟開心兒越撩，不丟開心兒越焦。

〔園林好〕恨知音他偏寂寥，恨閒人他偏絮叨，只算些兒胡鬧。波底月，鏡中潮。潮莫信，月難撈。

〔僥僥令〕成團飛絮攪，作陣落花飄。我宛轉車輪腸寸絞，好比九曲三灣仄路抄。

〔尾聲〕閒愁怎樣難離掉，除非做一個連環結子條，向那沒情河丟下了。（見《續詞餘叢話》）。

其詞，固不止清雋已也。輕靈鬆倩、活潑新鮮。絕非朱、厲所能及。而好為南詞，如沈、吳諸家者，更瞠乎後矣。

沈謙，字去矜，仁和人。有《東江別集》。令套雖甚富，而翻譜亦多，讀之作嘔。翻詞為曲者，如山坡月兒轉春夜。譜李後主詩餘桂花遍南枝。憶歡滴滴催幽情，皆譜秦少游詩餘。〔黃龍醉太平〕佳人，譜楊升庵詩餘。翻北曲為南曲者：烟畫眉序離情，翻關漢卿作步步嬌。元宵憶舊，翻曾瑞卿作。紅孩兒書所見，翻周德清作。小娃琵琶，翻喬哲符作。孝順姐兒夜雨，翻楊澹齋作。江南柳細腰春情，俱翻徐甜齋作。而翻小山作者有：十分春酒醒、黃鶯抱玉枝、春恨五馬渡、雙江閨情，等。不讀其詞於此，亦可想見其品矣。所為北曲中，如，〔落梅風〕閨憶：

從分散，整痛嗟，冷清清鳥啼花謝。提名兒罵他心是鐵，料伊家耳輪常熱。

直是剽竊東籬耳。東籬原詞曰：從別後，音信絕，薄情種害殺人也。逢一個見一個，因話說，不信你耳輪兒不熱。雖然，兩較之，其巧拙為如何耶？蓋東江，承明末之餘風，染寧庵之惡習，故終不能為曲家之曲也。他如毛瑩、尤侗、陳維嵋、秦雲、蔣士銓、石韞玉、趙對澂、楊恩壽、沈清瑞、魏熙元、許寶善輩，悉未離乎此軌。瑩，字湛光，松陵人。有《晚宜樓雜曲》。跋中自云：於詞曲，好而不精，偶有所作。律以九宮譜，不能無出入也。難入檀板，將安用之。既復自恕，曰：昔康衢擊壤，矢口而歌。其時曷嘗有協律？郎隨其後哉，亦天籟之自鳴耳。於茲可見其非當家矣。侗，字展成，世所稱西堂者也。長洲人有《百末詞餘》，其駐雲飛十空曲。十首皆黃冠語，頗著於當時。實則警頑醒俗，拾人唾餘。余嘗怪，西堂雜劇甚佳，何以令套如此不相稱也。其〔黃鶯兒〕分詠美人乳、美人足、美人醋。題目已屬小家，徒令人讀之生厭。至戲懼內者一支：

何事犯娘行？跪妝台、一炷香，風流罪過難輕放。笞之太強，殺之過傷，參詳惟有宮刑當。好關防，如何黑夜，越獄上牙床？

直可謂之，俳優之嫡傳。展成有言：予少而嬉戲，中年落魄。無聊，好作詩餘，及南北院本新曲。綺豔疊陳，詼諧間出。知我者，以為空中語。罪我者，以為有傷名教。不祇白璧微瑕而已。余姑不言其傷名教事，然祇以綺豔、詼諧為曲，是未知曲境之廣矣。維嵋有《亦山草堂南曲》，媵為南詞，旨趣可想。秦雲，字膚雨，號西脊山人。其《花間剩譜》共八套。

雙願為明鏡圖題詞一套，當以翁仲歎為勝。〔首調・梧桐樹〕云：

寒煙落照中，飽看千年塚。指點行人，姓字呼翁仲。朝朝對古松，夜夜留高壟。華表淒涼，鶴語千年痛，幾家兒得祭掃兒孫永。

〔解三酲〕云：

只見那霧迷荒壟，只見那碑斷苔封。只見那黃昏枝上鵑啼痛，只見那鬱鬱青松。只見那妖狐拜月骷髏弄，只見那石馬無聲臥草中。尤堪慟，對著這墓門寂寞，雨雨風風。

語意淒涼，差可動人情感耳。士銓，字心餘，鉛山人。戲曲中之有藏園，為清代藝文，生色不少。散曲中之藏園，迥不如矣。《忠雅堂南北曲卷》中，戊寅〔粉蝶兒〕，題陳其年先生填詞圖一套，最稱佳製。亦無多可取處。大概奄無機趣，不逮所作九種多矣。韞玉，字琢堂，吳郡人。乾隆庚戌狀元，其《花韻庵南北曲》篇什不多。如〔皂羅袍〕秋夜獨酌、〔金落索〕訪杜子美草堂舊跡諸作，皆嫌板滯。惟〔一江風〕詠雪云：

似楊花點點穿簾罅，糝遍了鴦鴛瓦，玉無瑕。蹋處尋梅，掃處煎茶，江上人如畫，豪華是黨家，風流是謝家，怪無端兜起詩人話。

工穩中尚饒情致。對瀓，字野航，合肥人。《小羅浮館雜曲》止一令四套。在此中，可稱佼佼者。如〔金絡索〕馬上遣興，有云：

說什麼十年夢斷邯鄲道，只今日老大愁經豫讓橋。情絲套，幾時碎卻倩剛刀？盡著他曲唱紅麼，淚滴青袍，祗自按伊涼調。

語頗可誦。又，沙河感舊套，〔首調・雙玉供〕云：

東風吹透，杏花兒開遍牆頭，撲征衫細落輕塵，理吟箋碎碾新愁。乍清明時候，又節次閒情拖逗。亂紅無語上簾鉤，釵影誰家動畫樓？

雅近王伯良。

恩壽，字蓬海。有〈坦園詞餘題鍾馗擁妾踞坐小鬼唱曲圖〉一套，喜笑怒罵之辭也，余意則取送別〔黑麻令〕為壓卷之篇。詞云：

猛吹起胡笳塞笳，恰正好風斜雨斜，最淒清霜葭露葭。送行人南浦依依，莽前程煙遮霧遮，望不見人家酒家，盡相對長嗟短嗟。只彀著半日勾留，才悟透塵海團沙。又，料理著漁叉畫叉，尋君到山涯水涯，隔斷了喧嘩市嘩。飽看彀清爽秋光，鬧喳喳朝雅暮雅，冷清清蘆花荻花，重疊疊瓠瓜棗瓜。會編就一套曲兒，付與那一面琵琶。

垣園撰《詞餘叢話》二卷，於此道固嘗三折肱焉。

清瑞，字芷生，長洲人。紅心詞客賫漁之弟，故曲亦有法度。所為《櫻桃花下銀簫譜》，其甥林衍潮手訂，而琢堂付梓者也。（有以《櫻桃花下銀簫譜》歸沈桐威起鳳作者，實誤。）共九套，有集曲：〔南高平調羽衣第三疊〕餞春日飲分綠窗題佩珠晨妝圖。一見即知其傳梁、沈衣缽。終不免於堆垛之弊也。

〔錦纏道〕問東風，悄吹過屏山幾重？落月曉煙空，熨輕寒教人斜靠薰籠。

〔玉芙蓉〕耳邊嫩約三分懂，眼角春情十倍慵。驚幽夢，是啼鶯喚儂。

〔四塊玉〕強抬頭，看紗窗早漏晨紅。

〔錦漁燈〕軟咍咍手裏起雙趺玉瑩，困淹淹體偎著半臂香濃，翠生生掠削春雲寶釧鬆。

〔錦上花〕離斗帳，悶繡櫳，消睡靨，顫玉容，花枝呈潤鏡匳中。

〔一撮金〕一步一惺忪。

〔普天樂〕口脂兒休調動，面粉兒休拈弄，梳和裹倦裏匆匆。

〔舞霓裳〕妝成誰把纖腰擁？怪郎來直恁悄無蹤。

〔千秋歲〕並肩坐，無些縫。溜眉語，無些空。休聽鸚歌哄，道夭桃開也，去踏芳叢。

〔麻婆子〕愛郎愛郎多情種，心香一串同；笑儂笑儂風流寵，心犀一寸通。相思入骨骰玲瓏。

〔滾繡球〕訴相思未終，且轉過一答兒湘簾向東。

〔紅繡鞋〕湘簾控，掛曲瓊，教郎補畫小眉峰。

題圖作曲，最是清人習氣，此亦未能超脫者也。

熙元，字玉巖，仁和人。《玉玲瓏館曲存》祗兩套。趙月樓司馬桐鳳宴套中〔豆葉黃〕嘉芷衫者曰：

猛聽得泠泠笙鶴，滿院清風。真個人在蓬萊第一峰，當得起北辰星拱。珊珊秀骨，超超化工。是一朵靈芝仙種，是一朵靈芝仙種，端的要天上人間，領袖春風。

〔江兒水〕嘲寶琴者曰：寶鼎灰寒筋，琴弦調變桐。好一個弄花人翻被花枝弄，恨耶一椿椿心頭兒痛，醋耶一瓶瓶口頭兒用，唧唧噥噥個中人自懂。你看他慧眼維摩半惺忪，還道他志誠的種。

又〔玉交枝〕戲蟾香者曰：

團團月湧，好清光漾漾溶溶。我閒愁閑恨只有你嫦娥心事共，況分香名在蟾宮。為什麼婆娑影兒辜負儂，搗元霜不做遊仙夢？耽擱你少年時雲蹤雨蹤，一霎裏歎蕭疏雲鬆鬢鬆。

掇拾明人之牙慧耳。雲間許寶善，自《怡軒樂府》名甚顯。其和東籬〈百歲光陰〉，至七套之多。而俊語實不多見。論清之曲人，於蘇長洲，於浙仁和。濟濟多士，終未能自有樹立。其略近梁沈之遺，而不為梁沈所限者，則有二吳。吳綺，字薗次，江都人；錫麒，字谷人，錢唐人。遠非此輩所及，亦南詞中之俊也。薗次之《林蕙堂填詞》，計九套。贈蘇昆著生一套最著。

〔尾犯序〕風雪打貂裘，鄉里驚梅，客心催柳。古寺棲遲，見白髮蘇侯，如舊。最喜是中原故老，猶記取霓裳雅奏。相憐處，把繁華往事，燈下說從頭。

〔傾杯序〕風流，憶少年，不解愁，遊俠爭馳驟。也曾向麋鹿台前，貔貅帳裏，金谷留連，玉簫拖逗。把豪情綺月，逸氣干雲，西第南樓，都付與漆園蝴蝶老莊周！

〔玉芙蓉〕滄桑一轉眸，雲雨雙翻手。到如今蕭蕭，霜鬢如秋。那些個五侯池館爭相迓，只落得六代鶯花莽不收。拋紅豆，歎知音冷落，向齊廷彈瑟好誰投？

〔小桃紅〕枉濕了潯江袖，還剩得蘭陵酒。盡紅牙拍斷紅珠溜，青鞋踏遍春山瘦，把黃冠撇卻黃金臭。管甚麼蛟龍爭鬥無休！

〔尾聲〕狂歌一曲為君壽，同在此傷心時候，且勸你放眼乾坤做個汗漫遊。

髣髴杜陵之遇龜年，而情愈曠達矣。綺語如秦樓月傳奇題詞中〔解三酲〕云：

忘不了香鉤微步，忘不了玉腕斜舒。忘不了紅窗薄醉橫波注，忘不了雪肌膚。忘不了花前軟款將離情數，忘不了燈下橫陳將倦體鋪。難忘處，有羅衾翡翠，繡枕珊瑚。（此套《林蕙堂集》中所無見，予《飲虹簃校刻二十種》內。）

谷人有《正味齋南北曲卷》中亦多名作。梁廷枏曰：吳谷人先生詞學，近人不多覯。痛除凡響，壁壘一新。集中南北曲數套，妙墨淋漓，幾欲與元人爭席（見《藤花館曲話》卷三）。雖不免溢美，其蜚聲藝苑是可知也。轂人頗多題圖之曲，亦當時風氣使然。有題仕女圖十二首。首首各一題一調，極別致。序曰：梅村集中有戲題仕女圖十二絕句。因用其題，各以南北曲譜之。並屬友人徐君蘭坡，仍繪其意，以傳云云。十二仕女者：一舸（用杜牧句）、虞兮、出塞、歸國、當壚、墮樓、奔拂、盜綃、取盒、夢鞋、驪山、蒲東。以一舸、出塞、當壚三支為最膾炙人口。〔梧桐樹〕一舸云：

西風吹白紵，歌罷人何處？莫道功成，肯逐鴟夷去，算回頭只有煙波路。吳苑千秋，花也愁無主；越客千絲，綱也難兜住。剩相思石上苔無數。

〔駐馬聽〕出塞云：

國色誰知，何苦黃金賂畫師。蛾眉易老，玉關自遠，青塚長迷。琵琶彈出漢宮悲，蟾蜍照見胡沙淚。險被胭脂，勒名兒溷了燕然字。

〔解三酲〕當壚云：

著犢鼻風生一哄，畫蛾眉翠隱雙峰。酒旗搖曳春星動，休誇是數錢工。賦成才有千金賣，歸去依然四壁空。琴心送，只茂陵秋雨，累個愁儂。

而〔仙呂排歌〕紅橋訪春：

故燕偏遲，新鶯亂飛。租船去去湖西，一虹界處畫圖移，翠擁高頭紅接低。亭館合，樓閣離，金迷紙醉夢何之？歌吹繁，燈火起，衣香人影幾多時！

尤為難得，他如〔玉抱肚〕詠新柳有云：

十三年紀女兒嬌，傳遞新愁過畫橋。

〔駐馬聽〕登金山有云：

講經龍欲出波聽，護禪鴿亦棲簷定。

〔皂羅袍〕杏花有云：

錫簫吹過，新煙已消。酒簾招否，前村尚遙。只愛，那一肩香遞紅樓悄。

〔油葫蘆〕觀菜花有云：

鵝兒㲉蛻新，蜂兒翅搧忙，但酒波和著花光蕩，渾不信有斜陽。

各有精采，皆警句也。任訥謂：兩吳集中之合作，間如明之王磐、金鑾。不為無見（此語見所撰《散曲概論》中「派別」第九）。陸秋士楙有《鵲亭樂府》。孔陌軒廣林有《溫經堂戲墨》。王維新有《紅豆曲》。鄭方坤有《青衫詞餘》，並流傳未廣。而順天方玉坤所作，如：

雁字丁寧囑咐，南飛雁到衡陽。與儂代筆行些方便，不倩你報平安，不倩你訴饑寒，寥寥數筆莫辭難。只寫個一人兩字碧雲端，高叫客心酸，高叫客心酸。萬一阿郎出見，要齊齊整整仔細讓他看。

則又曲之變體矣。

以曲為史實，寫時政者，有松滋謝元淮。此前代所未有也。元淮，字默卿，有《養默山房散套》，共三長套。其〔一枝花〕感懷，套中用九轉貨郎兒。（按謝作一套中，每調換一韻，殊乖。《曲律》假借舊譜而歌，亦非當家所許也。）直書當時情事，曰：

訴不盡微員偃蹇，說不盡官場幻變。見幾個揚眉吐氣勢薰天，見幾個獻殷勤描花面，鑽狗洞跳猴圈，費盡心力百計千方總為錢。

二轉曰：

道光初任州邳一官初赴，職分小也是民之父母。三四年遂喜得清風輿論孚，東山又移向洞庭湖。遇英賢賞拔卻非親故，他道我精勤廉樸，從此出污泥不染污。

三轉曰：

那時節高堰開糧船不到，創海運天邊轉漕。多虧了陶公籌畫蓋漢高，涉鯨波如平地，供天庾免愁焦，浚吳淞民無水澇，整鹺綱商多富饒，更准北販招，口岸暢銷，大轉關全憑轉改票。這其間也有俺劻勷奔走勞。

四轉曰：

謝伊家達天聽把微名疊獎，一再轉官階日上。卻又道可膺民社坐琴堂，消受過九龍山橫積翠，第二泉茗椀浮香，雲山在望。俺可也殫竭精忱嫌不避，怨不避，一手積把障波。也不慌張，也不匆忙，硬生生掙幾倍公家餉。頭銜晉，荷恩光。當，自古道盛德莫忘。俺只覺出力無多叨厚賞。

五轉曰：

那知峴山碑為羊公淚墮，望西洲慟羊曇再過，賴曹參成法守蕭何。方感歎可悲歌，可惜了一歲疆臣兩遊波！從此後撫馭心勞邊防事多，從此後狼與狽互催搓，從此後芙蓉花發煙塵禍，從此後閩廣分兵鋒先挫，從此後江浙擾大動干戈。有一個徒讀父書的趙括僂儸，枉坑了長平，卒自沈河。都帶累俺奉羽檄上海，望著那滄溟涕泗沱。

六轉曰：

我只見密密層層官軍防堵，每日裏熖熖剢剢操兵整伍。忽見那黑黑白白奇奇怪怪鬼酋奴，早只是大大小小齊驚遽。又只見忙忙碌碌、來來去去、兵兵將將、吁吁喘喘守吳淞門戶，驀地裏閃閃爍爍炮聲砰怒。可憐那高高下下的塘，凸凸凹凹的路，男男女女、啼啼哭哭救死奔逋，一霎時騰騰焰焰、村村舍舍盡成焦土。好一個忠勇軍門烈烈轟轟為國捐軀殉海隅！

七轉曰：

猛喝斷橫江鐵鎖，掗金焦倒翻雪波。鐵甕城堅竟摧破，金陵還報那妖氛惡。索兵費他賊不空過，納錢帛我死中覓活。馬頭憑賣西洋貨，顧眼前權救燃眉火。從古來馭荒馭遠的窮夷，不與他較甚曲直要爭端終貴和。

八轉曰：

感皇仁推恩解網，投戈後寬其既往。浙、蘇、閩、粵許通商，把冤仇兩忘，兩忘。浦江頭城外蓋洋房，耶穌經漸看流傳廣。遠梯航也麼哥，盡來王也麼哥，鬧熱煞五港！善後規模緊緊兒防，要平時預講，預講。拜客迎賓應酬兒忙，抵多少定國功勞帳。望忠良也麼哥，靜封疆也麼哥，靜封疆撫禦機謀賴久長。

九轉曰：

悔平生都只為多言遭忌，出戎幕仍居舊職。當日個憂天盡笑杞人癡，到後來補天還虧了媧皇力。割珠崖定策原非，阻內附維州還棄，賠香港援的是澳門舊例。聽風傳粵東民勇眾志高，他呵結義社專制英夷。過年春月是進城期，恐難免爭端又起。怕只怕相逢狹路難回避，因此上綢繆陰雨這鰓鰓計，俺已是眼睜睜見過一遭兒，試聽那號哭呻吟聲未已。

汪子經曰：長歌當哭個中人，別有傷心處。胡康侯曰：九轉貨郎兒，在元曲中亦稱傑搆。後人模擬，終以洪昉〈思彈詞〉為最勝，幾於有井水處，皆歌矣。此作引商刻羽，銖黍無訛。駸駸與洪曲爭先，而命意深遠。賞音者，當於弦外忖度之。吳同午是一篇〈防夷善後論〉，勿作曲子讀過（見原跋）。於律雖未能如康侯，所云於此，以見外患之漸，亦足供史家之採焉。洪楊之亂，東南淪陷。一時詩人，如金亞匏和。詞人，如蔣鹿潭春霖，皆斐然有作。亦有記之以南北曲者，概名之曰：哀江南，蓋仿《桃花扇餘韻》中之〔北新水令〕一套也。吳竹如曰：

問蒼天浩劫幾時休，慘江南逆夷來後。漕吏鹽法變，河決水波深，兵果弱，偏不滅這粵海滔天寇。想當初魚向釜中游，鄭撫呑漏舟，林公巨網投。恨天意茫茫，偏不永文忠壽。圍困永安州，擁雄兵誰放強徒走？一直待那兩湖中匪類相糾，擄庫燒倉，劫獄招囚。累朝廷再調熊羆，重整貔貅。有大臣九江引逗，有大臣一路逃溜。幾日間天暗雲稠，日薄煙浮，早安排盡室偕行，還哄騙百姓勾留。倉卒團鄉勇，懵懂到賊酋。眼見他安慶空城覆，眼見他採石長江透，眼見他白下重關叩。不想跳樑小丑，只辦得十夜穿窬，犯偌大個金甌鑽漏。再休題惜繁華逐宴遊，說甚麼宴良朋聯詩酒。你富資財無端被劫搜，好門庭那得長廝守。歎香巢占去賊如鳩，歎全家怨也莫愁！忍偷生日顧鬚眉有，怎也麼憂，待捐生何堪鬢髮虬。逼當兵執竹荷戈矛，迫支更擊鼓鳴刁鬥。已驅男作馬，更逐女為牛，扯凌波露出雙鉤瘦，況早逼得紅裙褪石榴。呀！窮兇惡極沒來由，滅天倫骨肉痛分頭。逆天心面目怕凝眸，紮紅巾有日終駢首。仗元戎運籌，仗元戎運籌，打聽得鑄就銅轟一筆勾。撇妻孥風愁雨愁，別家園山悠水悠。盡餘生，拼脫，重重虎口。有衣冠被兵收，有黃白被兵搜。盼王師早復讎，盼王師早復讎。將違心，兵掣肘。亂離人，轉徙歷春秋。問囊空羞澀，有幾輩不黔婁？病君子炎涼時候，梅將軍痛癢關頭。這滋味大家消受，這災殃大家分剖。今日個怎能夠煙波一舟，雲山一裘？手把著釣魚竿，好覓個逋逃淵藪。此情難向君王奏，且聽我聲駿鼙鼓發清謳，準備著耳邊一洗箏琶陋。

楊柳門後曰：

石頭城上擁兵多，不隄防賊兵飛過。萬家門下鎖，一路血成河。擊鼓吹螺，早又報皇城破。四下巡鑼，白晝殺人還放火；千般搜索，黃昏入室尚操戈。有的是漁波三尺去投河，也有的鴆酒一瓶來仰藥，挨不過火焚繩絞剛刀割。臥佛寺佛藏祕閣，洞神宮神葬清波；三清殿飛作灰，長干塔燒成殼。黑心腸劈開聖座，紅眼睛罵倒閻羅。仙佛無如浩劫何，任你個刀砍斧剁！甚強徒官職嵬峨，丞相恩加檢點，親多侍衛如何。買賣衙一般掏摸，巡查衙幾隊僂儸。聖糧衙米粟堆，聖庫衙金銀崽。娃崽生拉，童女強拖。恨不得眾兄弟齊當聖兵，新姊妹共殺妖魔。最苦是姊妹營受折磨，終日價雲鬟拖，挑土盤倉礱稻殼。把羅裙扯，卻渾不許襪凌波。我只道老人館安穩無他，誰承望拆屋挑河。一個個將草兒來耨，一家家將稻兒來磕，更兼著屍骸要拖。這幾日飛差忒多，仍不如向機房權躲。那江西幾見城池破，這江南妄想君王作，癩蝦蟆怎啖天鵝。眼見他占金陵，眼見他僭王位，眼見他來就縛。他生該五鼎烹，便死也要千刀剁。有一夥人助他為虐：把城頭鼓夜夜敲，腰下刀時時帶，屋中人家家捉。愁來萬事休，悔甚當初錯。到今日飄蓬無著，且編就一套哀江南，待覓個同調人兒和一和。

周還之葆濂曰：

城垣十丈接天高，倉卒間賊兵飛到。土囊連夜造，石子望空拋。縱火延燒，拆不及屋料，舉室哀號。白板千家齊上鉸，沿門鼓噪。紅巾一路盡持矛，蜈蚣旗城上招搖，蝦蟆鼓街頭喧鬧。一層層短柄刀，一隊隊圓藤帽，見著他魂膽俱消。沒個人兒把戰鼙，剩百姓將門關了。誰知他硬把門敲，狠比豺狽，毒甚鴟鴞。黃褂紅袍，一般兄弟，幾大官僚。拖拜降無分老少，搜財物不漏絲毫。身穿布招，頭纏布條。苦良民視同狗彘，死閻羅罵是蛇妖。可記得逢七日奏章燒，甚讚美與天條，下凡天父遺新詔。一椿椿胡鬧，都是這小兒曹。更有那姊妹們柴挑米挑，儀鳳門途遙路遙。平日裏深宮藏嬌，今日個沿街亂跑。一任他花焦，柳憔，百樣兒煎熬，赤雙梟愁煞金蓮小。俺曾見報恩寺塔祥雲罩，朝天宮殿仙霞繞，有許多道宇僧寮。眼看他獻香花，眼看他興土木，眼看他生荒草。這琉璃瓦片，黑灰糝糝無人掃。將二百年繁華憑弔，雨花臺螻蟻屯，秦淮何鴛鴦散，石城頭鵂鶹叫。餘生值亂離，時事傷懷抱。畫不盡流民圖稿，學一曲哀江南，向天涯覓同調。

姚西農必成，亦有〔混江龍〕曰：

這賊子橫行無狀，夜郎自大竟稱王。佔據了嶺東西，動搖兩廣，搔擾過湖南北，蹂躪三江。大膽子敢違天，將皇曆平空更朔望。蠻力兒強爭地，歎白門容易失，封疆帶一般。婆子們穿綢緞，插金銀，醜似那魑魅魍魎。縱幾群牌刀手，搶錢財，搜貨物，狠過那虎豹豺狼。殺盡了滿洲人上萬盈千，也不怕神人積忿；毀遍了南朝寺四百八十，那裏管仙佛遭殃。倡邪教，侮正神，硬滅了伏魔帝千秋俎豆；謗聖賢，污經籍，遭踴壞文宣王萬仞宮牆。虜男子，拜兄弟，一個個除去領，摘去冠，蓄髮留鬚，分甚麼縉紳世族；偪婦人，當姊妹，羞答答蓬著頭，赤著腳，挑柴擔米，也有那命婦班行。到處的設檢點，設指揮，設巡查，撞著他赫得似遊魂地府；成日間拜天父，拜耶穌，拜上帝，強著你硬說是享福天堂。可憐那喝酒的，吃煙的，犯甚科條，平白地身披枷共鎖；

最慘是從賊的，當兵的，落他圈套，片時間命送炮和槍，看著他腳上穿，頭上戴，可笑恁沐猴兒，枉披著優孟衣冠裳；瞧著他前頭打，後頭吹，試問這蠢驢子：可肖那漢儀仗？叫別人挖濠溝，築土城，拆房屋，硬把那苦差當；你自己滅君臣，絕父子，棄夫婦，還要將道理講。俺這座金陵城，原六代繁華，自昔江山如錦繡；則被你煤洞鬼將萬民塗炭，一朝世界變滄桑。華屋裏任挖掘玉砌雕楹，那裏找百萬貫郭家金穴；圊圂裏亂抛擲牙籤錦軸，可惜了五千卷曹氏書倉。好林園折盡了雲廊月榭，渾不許二六時登眺客裙屐徜徉；高寶塔燒壞了碧瓦朱甍，全失卻數千載帝王家規模雄壯。那龍鍾的鬚白叟，也叫他迎門擁篲打掃街旁，這幼小的孩子們，卻用他擊鼓敲梆支更城上。悲莫悲生別離，這拆散了有情眷屬，受不盡萬種悽惶；恨只恨死糊塗，那附和的不肖東西，跟著他一般搶攘。作內應豈沒個英雄豪傑，可惜你苦心一片，那能夠像馬超大反西涼，攷詔書那管你學士文人，盡由他下筆千言，也只得學揚雄失身王莽。恁只靠搶東壩，搶三河，搶運漕，積穀屯糧；他還要打兗州，打安慶，打江西，點兵調將。這行逕真似那水滸宋江，這狠毒更甚那明朝李闖。我編就混江龍，千言憤懣；也說不盡這下山虎，百樣倡狂！

太平軍之殘酷，可謂淋漓盡致矣。其後有藐廬者，作〈新萬古愁曲〉。本歸玄恭原唱，雖諸調未嘗全用。憤慨淋漓，讀之汗下。有黃荻生，名荔者，作〈鴉片曲新水令〉一套，寫黑籍情況。亦元人警世遺意。會稽顧季敦家相，有《非勵堂樂府》。其哀思曲，自稱脫稿於壬子。首夏其時，優待皇室條款，雖經頒佈，而燕秦遠隔，未悉實情。迨兒輩自都下歸，縷述兩宮安善。當局於優待遷移，而存留太廟。

永歸清室奉祀，尤亙古未有之。曠典昔虞舜禪位，文命商均退處藩封。而仲尼稱為宗廟，饗之子孫，保之今。茲盛舉，以視唐虞，洵有加焉。薄海臣民，非特不必存鼎。適社屋之悲，或當以躬逢其盛為幸（見曲後自註）。是記辛亥複國事也。又，王菊隱者，有曲敘共和以來，南北之戰。其〔新水令〕云：

莽神州何處覓逍遙，放眼令人長嘯。南天烽火急，北地炮聲囂，世事如潮，卻教俺苦譜這淒涼稿（見十一年五月二十日《時報》）。

亦以曲為史之流。大抵此輩，疏於曲律，而知廣曲之用。劉鑒泉咸炘嘗論曲云：以痛快易良之詞道，倫情民風，其力蓋有過於詩者。曲能如是，乃誠可謂之廣博耳。能廣博，則曲當益盛、益重（見《曲雅》後序）。元明以來，多香奩語與道情。此輩知拓國百里，雖非當家之品，是亦別樹一幟矣。至於鄭燮板橋道情，徐靈胎之洄溪道情，暨繁江張琢之汝玉之秋闈詞，皆似曲，而實非，茲所不取。

同光以來，為南北詞者愈少。龍陽易實甫順鼎《丁戊之間行卷》中，有曲一卷。仁和何駢盦春旭有《可人曲》一卷。華癡石〓有《相憐對影詞》一卷。而並世論曲，要推長洲為大師。長洲吳先生，名梅。字瞿安，號霜厓。有《霜厓曲錄》二卷（即盧前所編）。海寧王靜庵國維，居吳門時，常相過從，因以治曲名。而霜厓弟子，江都任二北訥，校訂曲籍，遠勝於靜安。所為小令，亦甚清麗。仙城許守白之衡、泰縣顧君誼名，間亦為散曲。守白之擬吳梅村〈聽卞玉京彈琴〉一長套，迥非道咸人所能及也。

黟縣汪石青炳麟，有志於此。嘗見其〔南呂・臨江仙〕贈陳君蛻厂套曲，詞頗可論。惜乎未盡其才，中道而歿也。《說考》謂曲至今日，集於大成。長洲，如詞之於常州然，行將有見其中興也。顧前無似，竊長洲之緒餘，播教四方。至於發舒所積，感物造端。刻畫萬類，聯翩而踵起。以大其傳，是所望於諸君者。（採〈向仙樵楚曲稚序〉中語。資陽楊生，能召近有五十年來之曲學論文，臚述甚詳，此段僅舉其大概而已。）

第五、散曲史編後補志

芝庵曰：詞山曲海，千生萬熟。三千小令，四十大曲。論其詞，題有：閨情、鐵騎、故事、採蓮、擊壤、叩角、吉席、添壽。有：宮詞、樂詞、花詞、湯詞、酒詞、燈詞。有：江景、雪景、夏景、冬景、秋景、春景。有：凱歌、棹歌、漁歌、挽歌、楚歌、杵歌。凡歌之所：桃花扇、竹葉樽、柳枝詞、桃葉怨、堯民鼓腹、壯士擊節、牛僮馬僕、閭閻女子、天涯遊客、洞裏仙人、閨中怨女、江邊商婦、場上少年、闤闠優伶、華屋蘭堂、衣冠文會、小樓狹閣、月館風亭、雨窗雪屋、柳外花前（《唱論》）。曲之為樂如此然，聲音各應於律呂，分於：六宮十一調，共計十七宮調。十七宮調者：仙呂清新綿邈，南呂感歎傷悲，中呂高下閃賺，黃鐘富貴纏綿，正宮惆悵雄壯，道宮飄逸清幽，大石風流醞藉，小石旖旎嫵媚，高平條物滉漾，般涉拾掇坑塹，歇指急並虛歇，商角悲傷宛轉，雙調健捷激裊，商調悽愴怨慕，角調嗚咽悠揚，宮調典雅沈重，越調陶寫冷笑。每一宮調，能用為小令者若干，用為套數者若干，亦有兼可用為令套者。請言小令於北曲分為三種：

甲、小令專用者，黃鐘有：晝夜樂、人月圓、紅衲襖、賀聖朝。正宮有：黑漆弩、甘草子、漢東山。仙呂有：錦橙梅、太常引、三番玉樓人。南宮有：乾荷葉。中呂有：山坡羊、喬捉蛇、鶻打兔、攤破，喜春來。大石有：百字令、喜梧桐、初生月兒、陽關三疊。小石有：青杏兒、天上謠。高平有：木蘭花、於非樂、青玉案。商調有：秦樓月、桃花浪、滿堂紅、芭蕉延壽。越調有：憑闌人、糖多令。雙調有：新時令、十棒鼓、秋江送、大德樂、大德歌、襖神急、楚天遙、青玉案、殿前喜、皂旗兒、枳郎兒、華嚴贊、得勝樂、山丹花、掃晴娘、魚游春水、驟雨打新荷、河西水仙子、河西六娘子、百字折桂令。

乙、小令套數兼用者，黃鐘有：刮地風、出隊子。正宮：塞鴻秋、叨叨令、醉太平、小梁州、六公遍、白鶴子。仙呂有：後庭花、醉扶歸、節節高、金盞兒、一半兒、憶王孫、賞花時。南呂有：金字經、四塊玉、玉交枝、梁州。中呂有：滿庭芳、喜春來、醉高歌、紅繡鞋、普天樂、朝天子、上小樓、迎仙客、四邊靜、回換頭、掛枝兒。般涉有：耍孩兒；商調有：梧葉兒、涼亭樂、醋葫蘆。越調有：天淨紗、小桃紅、寨兒令、黃薔薇、雪裏梅。雙調有：折桂令、水仙子、慶東原、駐馬聽、撥不數、清江引、落梅風、沈醉東風、步步嬌、碧玉簫、沽美酒、殿前歡、阿納忽、慶宣和、賣花聲、得勝令、春閨怨、風入松、胡十八月、上海棠、快活年、牡丹春。待考者有：豐年樂、時新樂、霜角、阿姑令、雙疊翠。

丙、帶過曲調，正宮有：脫布衫帶小涼州、小涼州帶風入松。仙呂有：後庭花帶青哥兒、那吒令帶鵲踏枝寄生草。南呂有：罵玉郎帶採茶歌、罵玉郎帶感皇恩採茶歌。中呂有：十二月帶堯民歌、醉高歌帶喜春來、醉高歌帶攤破喜春來、醉高歌帶紅繡鞋、快活三帶朝天子、快活三帶朝天子四換頭、快活三帶朝天子四邊靜、齊天樂帶紅衫兒。越調：黃薔薇帶慶元貞。雙調有：水仙子帶折桂令、雁兒落帶得勝令、雁兒落帶清江引、雁兒落帶清江引碧玉簫、一錠銀帶大德樂、沽美酒帶太平令、沽美酒帶快活年、對玉環帶清江引、楚天遙帶清江引、梅花酒帶七弟兒、竹枝歌帶側磚兒、江兒水帶碧玉簫、錦上花帶清江引碧玉簫。中呂帶雙調有：醉高歌帶殿前歡、滿庭芳帶清江引。正宮帶雙調有：叨叨令帶折桂令。南帶過曲，惟：朝元歌帶朝元令。南北兼帶，亦惟：南楚江情帶北金字經、南紅繡鞋帶北紅繡鞋二式而已。南曲於小令，仙呂原調有：皂羅袍、桂枝香、排歌、浪淘沙、月兒高、傍妝台、月中花、解三酲、西河柳、春從天上來。集曲有：醉羅歌、月雲高、甘州歌、解袍歌、一封書、解酲歌、醉花雲、香轉南枝、月照山、鬧十八、九迴腸、十二紅醉歸、花月渡二犯、桂枝香二犯、月兒高二犯、傍妝臺。正宮原調有：玉芙蓉、錦纏道；集曲有：錦亭樂。大石原調有：催折兩頭、蠻兩頭、南紅葉兒。中呂原調有：泣顏回、駐雲飛、普天樂、駐馬聽、石榴花、永團圓、番馬舞秋風；集曲有：榴花泣、倚馬待風雲。南呂原調有：一江風、懶畫眉、梁州序、大勝樂、賀新郎、宜春令、鎖金帳、香羅帶。集曲有：羅江怨、三學士、七犯玲瓏、六犯清音、梁州新郎、梁紗撥、大香浣溪、劉月蓮、六犯碧桃花、七賢過關、巫山十二峰、九疑山、八寶妝、仙桂引、仙子步蟾宮。黃鐘原調有：倚香金童、傳言玉女、啄木兒、畫眉序。越調原調有：綿褡絮。商調原調有：黃鶯兒、集賢賓、山坡羊、高陽臺、水紅花。集曲有：金絡索、黃羅歌鶯花、皂山羊、五更轉、梧蓼金羅、黃鶯學畫眉。小石原調有：驟雨打新荷、牙床。羽調原調有：馬鞍兒。集曲有：勝如花、四季盆、花燈。雙調原調有：玉抱肚、鎖南枝、風入松、四塊金、玉交枝、柳掠金、朝天歌、江兒水、孝順歌、步步嬌、淘金令、轉調淘金令、錦法經、四朝元。集曲有：二犯江兒水、嬌鶯兒、江頭金桂、孝南歌二犯、柳搖金、孝南枝、玉枝供、六么令犯、落韻鎖南枝、攤破金字令、折桂朝天令、錦堂月、玉江引。待考者有：征胡兵、彌陀僧、對美人、美櫻桃。

南北與過帶，共二百六十九調，皆前人曲集中所習見者。大抵小令之調，略備於此。雖未能盡，執茲以求，可無迷茫之失矣。至於套數、格式綦繁。僅就通常所見者，附列如次，惟所稱引，十不及二三，聊供窺測一斑而已：

甲、北曲套數：

仙呂一　點絳唇　混江龍　油葫蘆　天下樂　那吒令　鵲踏枝　寄生草　煞尾

二　點絳唇　混江龍　油葫蘆　天下樂　後庭花　青哥兒　賺煞

三　點絳唇　混江龍　村裏迓鼓　寄生草　煞尾

四　村裏迓鼓　元和令　上馬嬌　勝葫蘆　煞尾

南呂一　一枝花　梁州第七　四塊玉　哭皇天　烏夜啼　尾聲

二　一枝花　梁州第七　牧羊關　四塊玉　罵玉郎　元鶴鳴　烏夜啼　尾聲

三　一枝花　四塊玉　罵玉郎　感皇恩　採茶歌　草池春

四　一枝花　梁州第七　九轉貨郎兒

黃鐘一　醉花陰　喜遷鶯　出隊子　刮地風　四門子　水仙子　煞尾

二　醉花陰　出隊子　刮地風　上門子　水仙子　尾聲　中呂一　粉蝶兒　醉春風　石榴花　鬥鵪鶉　上小樓　煞尾

二　粉蝶兒　醉春風　迎仙客　石榴花　上小樓　麼篇　小梁州　麼篇　朝天子　煞尾

三　粉蝶兒　醉春風　迎仙客　紅繡鞋　石榴花　鬥鵪鶉　快活三　十二月　堯民歌　上小樓　麼篇　煞尾

四　粉蝶兒　醉春風　十二月　堯民歌　石榴花　鬥鵪鶉　上小樓　麼篇　煞尾

五　粉蝶兒　上小樓　麼篇　滿庭芳　快活三　朝天子　四邊靜　耍孩兒　三煞　二煞　一煞　煞尾

正宮一　端正好　滾繡球　叨叨令　脫布衫　小梁州　麼篇　快活三　朝天子　煞尾

二　端正好　滾繡球　叨叨令　脫布衫　小梁州　麼篇　上小樓　麼篇　滿庭芳　快活三　朝天子　四邊靜　耍孩兒　五煞　四煞　三煞　二煞　一煞　煞尾

三　端正好　蠻姑兒　滾繡球　叨叨令　伴讀書　笑和尚　倘秀才　滾繡球　煞尾

四　端正好　滾繡球　倘秀才　滾繡球　倘秀才　滾繡球　倘秀才　滾繡球　煞尾

五　端正好　滾繡球　叨叨令　倘秀才　滾繡球　白鶴子　耍孩兒　三煞　二煞　一煞　煞尾

大石一　六國朝　喜秋風　歸塞北　六國朝　雁過南樓　擂鼓體　歸塞北　好觀音　好觀音　煞

商調一　集賢賓　逍遙樂　上京馬　梧葉兒　醋葫蘆　麼篇　金菊香　柳葉兒　浪裏來　高過隨調　煞
二　集賢賓　逍遙樂　金菊香　梧葉兒　醋葫蘆　麼篇　後庭花　柳葉兒　浪裏來　煞
越調一　鬥鵪鶉　紫花兒序　小桃紅　金蕉葉　調笑令　禿厮兒　聖藥王　麻郎兒　絡絲娘尾聲
二　鬥鵪鶉　紫花兒序　金蕉葉　小桃紅　天淨沙　麼篇　禿厮兒　聖藥王尾聲
三　看花回　綿搭絮　麼篇　青山口　聖藥王　慶元貞　古竹馬　煞尾
雙調一　新水令　折桂令　雁兒落　得勝令　沽美酒　太平令　鴛鴦煞
二　新水令　駐馬聽　喬牌兒　攪箏琶　雁兒落　得勝令　沽美酒　川撥棹太平令　梅花酒　收江南　清江引
三　新水令　駐馬聽　沈醉東風　雁兒落　得勝令　掛玉鉤　川撥棹　七弟兄　梅花酒收江南　煞尾
四　新水令　駐馬聽　胡十八　沽美酒　太平令　沈醉東風　慶東原　雁兒落　得令攪勝箏琶　煞尾
五　新水令　步步嬌　沈醉東風　攪箏琶　雁兒落　得勝令　掛玉鉤　殿前歡　煞尾
六　夜行船　喬木查　慶宣和　落梅風　風入松　撥不斷　離亭宴　帶歇折　煞

乙、南北合套：

仙呂　北點絳唇　南器令　北混江龍　南桂枝香　北油葫蘆　南八聲甘州　北天下樂　南解三酲　北那吒令　南醉扶歸　北寄生草　南皂羅袍　尾聲

中呂　北粉蝶兒　南泣顏回　北石榴花　南泣顏回　北斗鵪鶉　南撲燈蛾　北上小樓　南撲燈蛾　尾聲

黃鐘　北醉花陰　南畫眉序　北喜遷鶯　南畫眉序　北出隊子　南滴溜子　北刮地風　南滴滴金　北四門子　南鮑老催　水北仙子　南雙聲子　北煞尾

正宮　南普天樂　北朝天子　南普天樂　北朝天子　南普天樂　北朝天子　南普天樂

仙呂入雙調　北新水令　南步步嬌　北折桂令　南江兒水　北雁兒落帶得勝令　南僥僥令　北收江南　南園林好　北沽美酒帶太平令　南尾聲

丙、南曲套數，僅就各宮調之可疊用者，摘錄之。疊用者，此曲宜疊用前腔，普通四支便成一套：

仙呂有：甘州歌　傍妝台　二犯傍妝台　月兒高　桂枝香

羽調有：勝如花

正宮有：白練序　醉太平，二曲宜相間疊用者：四邊靜

大石有：念奴嬌序

中呂有：泣顏回　榴花泣　駐馬聽　駐雲飛　撲燈蛾　尾犯序　山花子
南宮有：梁州序　梁州新郎　紅衲襖　青衲襖　香柳娘
黃鐘有：畫眉序　啄木兒
越調有：祝英台　綿搭絮　包子令　博頭錢
商調有：山坡羊　高陽臺　金絡索　金井水　紅花
雙調有：畫錦堂　錦堂月　醉公子　僥僥令　孝順歌　鎖南枝　孝南歌　二犯孝順歌　孝順兒
仙呂入雙調有：二犯江兒水　朝元令　風雲會　四朝元　武陵花　風入松帶急三鎗
附曲有：三仙橋　七犯玲瓏（三仙橋往往用三支，其餘皆雙數也）

此亦前人集中所習見者也。王驥德曰：作小令與五七言絕句同法，要醞藉，要無襯字，要言簡而趣味無窮。昔人謂五言律詩，如四十個賢人，著一個屠沽不得。小令亦需字字看得精細，著一戾句不得，著一草率字不得。弇州論詞所謂：宛轉綿麗，淺平儇俏，正作小令至語。又：套數之曲，元人謂之樂府，與古之辭賦，今之時義，同一機軸。有起有止，有開有闔。須先定下間架，立下主義，排下曲調，然後遣句，然後成章。切忌湊插，切忌將就。務如常山之蛇，首尾相應。又如鮫人之錦，不著一絲紕類。意新語俊，字響調圓。增減一調不得，顛倒一調不得。有規有矩，有聲有色，眾美具矣。而其妙處，正不在聲調之中，而在句字之外。又須煙波渺漫，姿態橫逸。攬之不得，挹之不盡。摹歡則令人神蕩，寫怨則令人斷腸。不在快人，而在動人。此所謂風神，所謂標韻，所謂動吾天機，不知所以然而然。方是神品，方是絕技，即求之古人亦不易得（中略）。大略作長套曲，只是打成一片。將各調臚列，待他來湊我機軸。不可做了一調，又尋一調意思。又，作曲猶造宮室者。然工師之作室也，必先定規式。自前門而廳，而堂，而樓。或三進，或五進，或七進。又自兩廂而及軒寮，以至廩庾、庖湢、藩垣、苑榭之類。前後、左右、高低、遠近，尺寸無不了然胸中，而後可施斤斲。作曲者，亦必先分段數。以何意起，何意接，何意作中段敷衍，何意作後段收煞。整整在目，而後可施結撰。此法從古之為文，為辭賦，為歌詩者皆然。於曲，則在劇戲其事原有步驟。作套數曲，遂絕不聞有知此竅者。只漫然隨調，逐句湊拍，綴拾得之。非不間得一二好語，顛倒零碎，終是不成格局（見《曲律》）。此作令譜套之大概也。

中敏嘗輯後來諸家之說，為之疏證，擷其要義，成條例十五則，用知散曲之為體：

一、散曲必經過文學藝術之陶冶，而後成立，要與俚歌有別；

二、曲為合樂之韻文，作曲應先明樂腔，再識樂譜。審音而作，以無傷於音律為原則；

三、北曲無入聲，凡入聲皆分作平上去三聲讀，凡在句中之入聲字，如需作平聲者，應注意毋亂其全句平仄之本來規律；

四、元時北曲，祗有平聲分陰陽上去；不分入聲，作平俱屬陽；

五、曲之文體，其搆成也，用語言為主，用文字為輔；

六、曲中語言以天下通語為主；

七、曲以語意俱高為上，短篇之詞，簡則意尤欲至；
八、長篇要腰腹飽滿，首尾相濟；
九、曲語忌蠻狠、猥瑣、險刻、卑污、油滑、生澀、庸腐；
十、曲之語句要能：讀去看人人都曉。唱時，聽去人人都曉，各方面俱宜顧到，方算合作；
十一、散曲務少用襯字；
十二、作曲宜留心每調務頭何在。務頭所在，皆音美之處。文字務宜謹慎，下筆能令聲文並美最好。不能，亦要勿因文字之陋而傷及聲音之美。若不辨務頭何在，則凡遇調中、調尾曲譜注明平上去，一定不可移易之處，無不恪遵守之則，務頭亦十九在其中矣；
十三、曲中遇句法成雙之處，或數句句法相同者，皆宜作對偶；
十四、曲中末句最要緊，不但平仄不宜苟且，意思亦宜精警，即務頭之所在也；
十五、散曲內，每首小令不能重韻。

此又學曲者所應知也。抑余尤有意言，散曲以其可通於今也，厥有二故：詞能按歌，歌有法度，方足稱樂府而為無愧。以散曲為樂府，正足以正彼俗樂。即詞訂譜，雅奏悠揚。手不襲古人之陳言，喉不襲古人之定譜，確傳昆腔之遺法。間接傳元明兩代之絕藝。言文、言樂並有，足舉此散曲今日所可倡導者，一也。

劉鑒泉曰：曲體初興，本用以侑燕樂。而元人風氣頹惰，同于唐人。故所傳諸曲，大氐林泉邱壑，與煙花風月為多。小令套數，尤狹然滑稽。敘事亦居十之二三，特作者不知推擴耳。詩有杜子美而境廣，詞有辛稼軒而境廣。曲家尚無杜辛，此後起之責也（《推十齋曲論》）。曲境尚有待於開發，此散曲今日所可宣導者，二也。

龔向農曰：詞幾亡於明，而清代詞學，乃大昌；曲幾亡於清末，或者將中興於斯時乎（《論曲絕句》序）！願言俟之矣。

民國十九年十二月二日

冀野記於成都南門石英室後寓齋

新銳文叢　PG0717

新銳文創
INDEPENDENT & UNIQUE

近代中國文學講話・散曲史
——盧冀野論著兩種

作　　者	盧　前
主　　編	蔡登山
責任編輯	蔡曉雯
圖文排版	王思敏
封面設計	蔡瑋中
出版策劃	新銳文創
製作發行	秀威資訊科技股份有限公司 114 台北市內湖區瑞光路76巷65號1樓 電話：+886-2-2796-3638　傳真：+886-2-2796-1377 服務信箱：service@showwe.com.tw http://www.showwe.com.tw
郵政劃撥	19563868　戶名：秀威資訊科技股份有限公司
展售門市	國家書店【松江門市】 104 台北市中山區松江路209號1樓 電話：+886-2-2518-0207　傳真：+886-2-2518-0778
網路訂購	秀威網路書店：http://www.bodbooks.com.tw 國家網路書店：http://www.govbooks.com.tw
法律顧問	毛國樑　律師
圖書經銷	貿騰發賣股份有限公司 235 新北市中和區中正路880號14樓 電話：+886-2-8227-5988　傳真：+886-2-8227-5989
出版日期	2012年3月　初版
定　　價	340元

國家圖書館出版品預行編目

近代中國文學講話. 散曲史 : 盧冀野論著兩種 / 盧前著. --
初版. -- 臺北市 : 新銳文創, 2012.03
面； 公分. -- (新銳文叢)
ISBN 978-986-6094-62-0(平裝)

1. 中國文學史 2. 近代文學 3. 散曲 4. 文學評論

820.907 101001639

讀者回函卡

感謝您購買本書，為提升服務品質，請填妥以下資料，將讀者回函卡直接寄回或傳真本公司，收到您的寶貴意見後，我們會收藏記錄及檢討，謝謝！如您需要了解本公司最新出版書目、購書優惠或企劃活動，歡迎您上網查詢或下載相關資料：http:// www.showwe.com.tw

您購買的書名：________________________________

出生日期：_______年_______月_______日

學歷：□高中（含）以下　□大專　□研究所（含）以上

職業：□製造業　□金融業　□資訊業　□軍警　□傳播業　□自由業

　　　□服務業　□公務員　□教職　□學生　□家管　□其它____

購書地點：□網路書店　□實體書店　□書展　□郵購　□贈閱　□其他

您從何得知本書的消息？

□網路書店　□實體書店　□網路搜尋　□電子報　□書訊　□雜誌

□傳播媒體　□親友推薦　□網站推薦　□部落格　□其他________

您對本書的評價：（請填代號　1.非常滿意　2.滿意　3.尚可　4.再改進）

封面設計____　版面編排____　內容____　文／譯筆____　價格____

讀完書後您覺得：

□很有收穫　□有收穫　□收穫不多　□沒收穫

對我們的建議：________________________________

____

____

____

請貼
郵票

11466
台北市內湖區瑞光路 76 巷 65 號 1 樓
秀威資訊科技股份有限公司 收
BOD 數位出版事業部

（請沿線對折寄回，謝謝！）

姓　　名：____________　年齡：________　性別：□女　□男

郵遞區號：□□□□□

地　　址：____________________________

聯絡電話：(日)____________　(夜)____________

E-mail：____________________________